いやあ……
いいことしちゃいましたねぇ……

Oh well...... I did a good job.

マクミリア

「古物屋リリエール」の従業員。
リリエールを支える頼れる助手（自称）。

Riviere and the nation of the prayer

+CHARACTER

クルルネルヴィア

「祈りの魔女」。

人助けのために旅をしている

「好奇心旺盛な
魔女さんだよ」

カレデュラ

謎の古物屋。
危険な祈物をばらまいている。

「あなたの願いを叶えてあげましょう」

……何？
不機嫌そうな声。
それから遅れて彼女は顔を出す。
ボクたちのすぐ傍、テーブルの下から。

無駄なことがお好きなのですねぇ
子供を相手にするように彼女は微笑んでいた。
これでもう逃げられませんね

祈りの国のリリエール

Riviere and the nation of the prayer

# CONTENTS

# 祈りの国のリリエール

Riviere and the nation of the prayer

3

Shiraishi Jougi
白石定規

Illustration
あずーる

# 第一章 雨

国の大通りの一角に、私の名を冠《かん》した店がひっそり建っている。

古物屋《こぶつや》リリエール。

その日、店の扉《とびら》を開いたのは黒色の制服を身に纏《まと》った男だった。

「アンリ」

私が声をかけると、彼は傘《かさ》を置いたのちに静かに一礼を返す。

祈《いの》りのクルルネルヴィアを守る保安局《ほあんきょく》の一員。祈物絡《れいぶつがら》みの事件を担当する彼が私の店に来る理由は、いつも概《おおむ》ね決まっている。

「カレデュラ、また出たのね」

紅茶《こうちゃ》を淹《い》れながら尋《たず》ねれば、彼は「ええ」と頷《うなず》く。

深刻《しんこく》な表情だった。

以前からこの国で人々を不幸に陥《おとしい》れている古物屋カレデュラ。

どこからともなく現れて、いつの間にか消えている。保安局も、そして私も、そんな彼女をいつまでも捕まえることができずにいた。

はがゆい気持ちは彼の曇《くも》った顔にも現れていた。

「今回も事後報告のみになりますが……」

言いながら彼が私に手渡すのは祈物——特別な力を持った古い物であり、被害者となった人物に彼女が売りつけた代物《しろもの》だった。

「我々が気づいた時には既《すで》に手遅れとなっていました。彼女は既に行方不明。恐らく新たな獲物《えもの》を探していることでしょう」

「………」

私は彼から受け取った祈物を確認したのち、店の奥の倉庫へと持っていった。私の店で売っている物は人が扱《あつか》っても危険性の低い祈物だけ。

だから厳重《げんじゅう》に保管して、時期が来たら祈物に籠《こも》った力を消滅させるために解呪《かいじゅ》する。

それはこの国において私にしかできないことであり、カレデュラと敵対する私に今現在できる唯一《ゆいいつ》の対抗策《たいこうさく》だった。

倉庫の中にはこれまでカレデュラが売ってきた祈物の数々が、解呪される順番を待ち望むように整列している。

アンリから手渡された祈物も、その中に加えておいた。

「いつまで続くのでしょうか」

呟《つぶや》く彼の表情は暗い。

本当に、いつまで続くのかしら。

「分からないわ」

ため息混じりに答えつつ、私はただ祈った。
この国に祈った。
どうか、もう古物屋カレデュラによる被害が起きませんように。
祈物で誰かが不幸になりませんように。
強く願いを込めて、私は窓の外へと再び視線を投げる。
窓の外は雨が降り続いていた。
いつまでも。

# 第二章 見返り煙草

「くそ……っ！」

騒《さわ》がしい酒場の片隅《かたすみ》。

苦しい気持ちを誤魔化《ごまか》すように、フリオはビールを飲み干した。

何杯目なのかはもはや覚えていない。酒の味もわからない。それでもフリオは何度も何度も酒を呷《あお》る。

店内には仕事終わりに能天気な様子で会話を楽しむ大人たちの姿がある。

その中に自分と同じく三十代半《なか》ばの男の姿があった。仕事で成果を上げたのか、仲間たちから褒《ほ》められ、年下の女の子から羨望《せんぼう》の眼差《まなざ》しを向けられ、顔を赤くしている。男は恥《は》ずかしい気持ちを誤魔化すように料理に手をつけ、「美味《うま》い！」と声をあげていた。

店の奥のキッチンには忙しそうにフライパンを振る料理人たちの姿があった。男性客が上げた声に一瞥《いちべつ》を向けると、すぐに仕事に戻る。ほんの一瞬《いっしゅん》だけ頬《ほお》が緩《ゆる》んだ。きっと仕事を認められて嬉《うれ》しかったのだろう。

気持ちは痛いほどわかる。

今日までフリオも同じような場所にいたからだ。

キッチンの中で働き、仲間たちとともに客に料理を出す。レストランの一員として、フリオは活躍していた。

店長から追い出される、今日までは。

「――フリオ、お前はクビだ」

そんな言葉を投げかけられたのは、仕事終わりのこと。

いつものように仲間たちの仕事を手伝っていた最中だった。

「……え？」

最初は何かの冗談《じょうだん》かと思った。

けれどため息とともにタバコの煙《けむり》を吐き出す店長からは、笑い話をするような雰囲気《ふんいき》は微塵《みじん》も感じられなかった。

何よりこちらを見つめる視線からは、フリオに対する興味や関心が一切感じられなかった。

「お前さ、うちの店の中でろくに役に立ってないんだよ。他の連中にはそれぞれポジションがあるのに、お前は周りの連中のサポートだけ。正直いなくても店は回るんだよ」

だからクビ。

明日から来なくていいから。

「……そ、そんな――で、でも、店長……！」

突然そんなことを言われても、困《こま》る。弁解《べんかい》の余地《よち》はないのか。こちらの意見を聞くつもりはないのか。こんなの一方的すぎる。

フリオは必死に言葉を並べて、店長を繫《つな》ぎ止めようとした。

しかし無駄《むだ》だった。

店長は吐き捨てるように、語る。

「得意分野は一つもねえ。やれることはただの助手。なのに経歴《けいれき》だけは一人前。意見を求めてもへらへら笑ってばかりで何の解決策も示せねえ。お前には主義や主張が一つもない」

普段から、内心では邪魔《じゃま》だと思っていたのだろうか。存在価値がないと思っていたのだろうか。

店長の口から溢《あふ》れる言葉一つひとつがすべてフリオに突き刺さる。

その度に痛感した。

もうここに、自分の居場所はないのだと。

「何がしたいんだよ、お前」

結局、そのまま立ち去る店長を止めることはできなかった。

フリオは制服を返し、その日のうちに店を追い出された。

悔《くや》しかった。

その場では言い返せなかったが――あまりに突然の出来事で上手《うま》く言葉にできなかったが、フリオは決して、店の中で何の役にも立っていないわけではなかった。

むしろ経歴が長い分、誰よりも広く店内を見渡していた。

キッチンに立っている仲間たちが心地よく料理を振る舞えるように、フリオは常に気を配っていた。食材の下処理には常に細心の注意を払い、そのおかげで仲間たちは失敗することなく料理をつくることができていた。仲間たちのミスもそれとなくリカバリーしてきた。

決して不要な存在などではない。

「ちくしょう……！」

もやもやした気持ちを込めて、ジョッキをテーブルに叩《たた》きつける。既に空になっていた。

フリオは近くのウェイトレスを呼び止めてもう一杯ビールを注文する。もう何杯目だろうか。いま一体いくらくらい使ったのだろうか。

明日からどうやって生きていけばいいのだろうか――酒が切れたとたんに、蓋《ふた》をしていた不安が膨《ふく》れ上がってゆく。

「――こんばんは」

席の向かい側に女が座ったのはそのときだった。

首をかしげた。

「……俺はビールを頼んだはずだが？」

「わたくしは店員ではありませんよ？」

笑みを返す女。

見入ってしまった。

とても綺麗《きれい》な顔立ちをしていた。髪は黒のロングヘア。酒場には似合《にあ》わぬ黒いドレスを喪服《もふく》のように身に纏い、行儀《ぎょうぎ》よく座るさまは人形のようにも見える。

「わたくし、こういう者です」

彼女はフリオに一礼したのちに名刺《めいし》を取り出した。

お辞儀《じぎ》を返すようなかたちで、フリオは名刺を覗《のぞ》き込む。

「古物屋、カレデュラ……？」

顔を上げると彼女は「はい。店主のカレデュラです」と微笑《ほほえ》む。店主の名前がそのまま店名になっているらしい。

「先ほどから何かお悩みになっていたようですけれども……よければお話、伺《うかが》いましょうか？」

フリオを覗き込むカレデュラ。光の届かない深海のような暗い瞳《ひとみ》がそこにはある。

「…………」

ひょっとしたら誰かに話を聞いてもらいたかったのかもしれない。

フリオは気づけば今日あった出来事を彼女に明かしていた。こんなことを会ったばかりの他人に相談するなんてどうかしている。思いながらも喋《しゃべ》り出した口は止まらなかった。悲しい。働きぶりを見てもらえていなかったことが、何もしていないと評価されたことが、悲しい。

誰もフリオの本当の姿を見ようともしなかった。見向きもされなかった。だから悲しい。

「とても辛《つら》い思いをされたのですね」

フリオが抱えた暗い気持ちを解きほぐすように、目の前のカレデュラは優しく微笑んだ。「けれどあなたはとても運がよいようです」

運がよい？

店をクビになったその日に言われるような言葉ではない。反射的にフリオは顔を上げて睨《にら》む。

暗い瞳の彼女が笑っていた。

「今日、わたくしとここで会えたのですから、運がよいに違いありません」

そしてカレデュラは、フリオの手を優しく握《にぎ》る。「わたくし、実は今のあなたにぴったりの祈物《れいぶつ》を持っているのです」

「……ぴったりの祈物？」

「ええ。誰もがあなたに注目し、羨望《せんぼう》の眼差《まなざ》しを向けるようになる素晴《すば》らしい祈物です」

お試しに一ついかがですか？

首をかしげながら、彼女はフリオから手を離す。

「…………」

その手に名残惜《なごりお》しさを感じながら、フリオは視線を落とした。たった今、綺麗《きれい》な女性が握っていた自分の手。酒に酔《よ》って熱を帯びた赤い手。

その真《ま》ん中《なか》には、シガレットケースが一つ、置かれていた。


「本当にどうかしてるよ……」

家に戻ったフリオはテーブルの前で頭を抱えていた。酔いが醒《さ》めて平静さを取り戻したのちに最初にやってきたのは激しい頭痛と後悔だった。

店で飲みすぎた。

それに、訳のわからない品物まで買ってしまった。

「こんなもん買ってどうすんだよ……」

テーブルに置かれたシガレットケースを見下ろしながらフリオはため息をこぼす。結局、フリオは二つ返事で祈物を買ってしまっていた。

店の中で、女が言っていた言葉を思い出す。

「これは見返り煙草《たばこ》と言いまして、吸《す》っている方の存在感を素晴らしく強く印象付けることができるようになる煙草なのです。……あ、ご安心ください、一応、煙草とは言いましたが、依存性《いぞんせい》のある成分などは一切入っておりませんので」

使用方法は普通の煙草と同様。吸って、吐いて、ぼんやりすればいい。たったそれだけで、周囲の人々から行動の一つひとつを注目され、賞賛《しょうさん》を浴びるようになる。

「見返り煙草を吸っていれば、小さな功績でも多くの方に注目され、誰もが羨《うらや》むような存在になれるでしょう」

騒がしい店内で、笑みを浮かべるカレデュラ。

彼女の背中の向こうでは相変わらず、自身と同じような年代の男が仲間や若い女の子たちから褒められていた。

「――ご自身の頑張りを正当に評価されたくはありませんか？」

囁《ささや》くカレデュラの言葉は、部屋に戻った今でも頭に響いていた。

酒の席で渡された祈物。

勢いで買ってしまったが、効果が本物かどうかも疑《うたが》わしい。それでも気にせずにはいられないのは、家に帰った今に至《いた》ってもカレデュラが語った言葉の数々が頭を離れないからだ。

――何がしたいんだよ、お前。

店長が吐き捨てるように語った言葉が、今も頭を離れないからだ。

店に対して陰《かげ》ながら貢献《こうけん》していたことが理解されず、追い出された今、自分は何をしたいのだろう。

正当な評価がほしい。

悔しい、悲しい。

「――見返してやりたい」

フリオは自身の中で浮かび上がった言葉を呟《つぶや》いていた。

「俺を見向きもしなかった連中を、一人残らず――見返してやりたい」

それが今のフリオにとって、やりたいことだった。

手を伸ばす。ケースに収められていた煙草を乱暴に引き抜くと、口に咥《くわ》えて火をつけた。

本当にどうかしている。

こんな物に頼るなんて、真面目《まじめ》にやっていた自分らしくない。酒場で買わされた祈物の効果が本物とは限らない。

頭では理解しながらも、フリオは煙草を咥えたまま、息を吸い込んでいた。

ため息のように息を吐き出す。

漏れ出した白い煙は、目の前の不安をぼんやりとかき消してくれたような気がした。

◇

祈物の効果は本物だった。

翌日、半信半疑《はんしんはんぎ》のままに街中をふらりと歩くフリオ。身の回りを取り巻く環境は何もかもがすべて変わっていた。

「――君、いまゴミを拾わなかったかい？　いい人だねえ、あんた」

例えばいつもの習慣で路上に転がっているゴミを拾いあげたときのこと。近くでその様子を見ていた住民が驚いた様子でフリオに近づき、賞賛の言葉をくれた。フリオは照れた様子で会釈《えしゃく》を返した。

「――ねえ、あそこの人、格好よくない？」「――素敵《すてき》な見た目してるわね」

いつも通りに歩いているだけなのに、女性たちからやけに注目されるようになった。

人々の視線がいつもよりも自身に集まっていることをフリオは感じていた。

「――なるほど、うちで働きたいのか」

そして新たな転職先として、今まで働いていたレストランの向かい側の店に足を運んだときのこと。

店主の男は突然やってきたフリオの話に耳をかたむけ、その上で言った。「まずは試用期間として三日間、お前の働きを見させてもらおう。雇《やと》うかどうかはその後決めさせてもらう」

つまり三日のうちに何か成果を残せばすぐにでも店で雇ってもらえる――これまでそうしていたように、フリオは周りの従業員たちの仕事を支える役割を担《にな》ってみせた。

決して目立つことのない縁《えん》の下の力持ち。それがフリオの特徴だった。これまでの店舗ではまったくと言っていいほど評価されなかった長所《ちょうしょ》でもある。

いつも通りに、フリオは仕事した。

「――素晴らしい仕事ぶりだな！　すぐにでもうちで働いてくれ、フリオ！」

きっと見返り煙草の効果が出たのだろう。

新しい店舗は、フリオのさりげない動作一つひとつをしっかり見て、評価した。店主をはじめ、働いている従業員の一人ひとりがフリオを称賛《しょうさん》した。

「めちゃくちゃ気がききますね、フリオさん！」

フリオより年下のスタッフが目を輝かせながら言った。

「あんたがいると仕事がやり易《やす》いよ」

ベテランのシェフがフリオの肩を叩《たた》いた。

「私、フリオさんと一緒に働きたいです！」

若いウェイトレスは頬《ほお》を赤らめながらフリオを見上げていた。

（……やっぱり）

フリオは喜びを噛《か》み締《し》めた。

（やっぱり、俺がやっていたことは間違ってなかったんだ……）

注目さえされれば自然と評価されるような仕事をしていたのだと実感した。

三日の試用期間を乗り越え、すぐさまフリオは店の即戦力として迎えられた。その間も毎日のようにフリオは見返り煙草に手をつけ、そして毎日のように人々から賞賛を受け続けた。

見返り煙草の効果は本物だった。

身の回りにいるすべての人々が、フリオの言動に注目するようになっていた。

そして新たな職場で働き始めて約一週間が経過した頃。

お試しで購入した見返り煙草をすべて使い切った頃のことだった。

「――うまく行っているようですね」

古物屋カレデュラは、呼び出されるまでもなく、フリオが「会いたい」と思った直後に姿を現した。

驚きながらもフリオはカレデュラに感謝を伝えた。

「まるで生まれ変わったみたいですよ！」

街を歩けば人々が振り返り、仕事をすれば仲間たちが笑顔で迎えてくれる。店主はフリオの有能さを褒め称え、事あるごとに「お前が次の店主だ」と肩を叩く。

今までの冷遇《れいぐう》からは考えられないような日々だった。

喜びながら近況を報告するフリオにカレデュラは笑みを浮かべた。

「それはよかったです。……ところでお試しの煙草はもう使い切ってしまったようですが、いかがですか？　追加で購入なさいますか？」

答えは既にフリオの中で決まっていた。

「是非《ぜひ》買わせてください」

まだ新しい環境で活躍をはじめたばかり。

何より、元職場の店長や仲間たちを見返すことはできていない。もっと活躍して、もっと表に出て、自身を店から追い出したことを後悔《こうかい》させたい。

だからフリオは尚更《なおさら》に煙草を求めた。

「かしこまりました」

そしてカレデュラは、フリオの願いを叶えた。


毎日のように煙草を吸って、仕事をする。そんな日々がしばらく続いた。

「ようフリオ。今日もよろしく」

店主が肩を叩く。

しかし賞賛の言葉は特になかった。

「おうフリオ。こっちも頼む」

仕事中にさりげなく手を貸してやるとベテランシェフが追加で仕事を頼んできた。

賞賛の言葉はなかった。

「あ、フリオさん。今日も頑張りましょうね」

若いウェイトレスが笑顔をこちらに向ける。賞賛の言葉はやはりなかった。

「…………」

素晴らしい日々はいつしか日常となり、やがてフリオに対する感謝の言葉も消えていった。

見返り煙草の効果が足りなくなってきたらしい。

「……もう一本吸うか」

店の前の喫煙所《きつえんじょ》で、フリオは見返り煙草に火をつけた。

◇

見返り煙草を吸って戻った直後、周りの従業員は再び火がついたようにフリオを褒め称えた。

素晴らしい。さすが。いつも優秀。

心地のいい言葉ばかりが耳を通り過ぎてゆく。フリオは「別にいつも通りの仕事をしてるだけだから」と謙遜《けんそん》した。謙遜しながらも自身の仕事ぶりが認められたことを嬉しく思った。

そして本数を増やした直後からさらにフリオを取り巻く環境は変化した。

「取材させてください！」

新聞記者が店を訪れ、フリオの外見や仕事ぶりを褒め、記事にしたいと興奮《こうふん》した様子で語ってみせた。

「あはは。俺、そんなに目立ちますか？」

外見は特にいじっていない。仕事ぶりも特に変えてはいない。新聞記者はそんな彼を見ながらも、

「こんなに素晴らしい人が今まで埋もれていたなんて！」と驚愕《きょうがく》しながらフリオを記事にしたてた。

どうやら本数を増やすと効果が増すらしい。

数日経《た》つと、新聞を見た人々が、店に列を成していった。

「あれがフリオって人？」「凄《すご》い！　結構イケメンじゃん」「私サイン貰《もら》っちゃおうかな」

店は連日大盛況。

客席からは度々声援がキッチンまで飛び込んだ。その度にウェイトレスが頬《ほお》を膨《ふく》らませて「よかったですね」と嫉妬《しっと》する。フリオは苦笑を返した。

そうして日々が過ぎてゆく。

「え？　あれが新聞に載《の》っていた人なの？」「なんかイメージと違わない？」「ね。ちょっと地味《じみ》だよね――」

新聞で紹介されてしばらく経った頃のこと。

客席からフリオに向けられた声が耳に留まる。

おかしい――少なくとも数日前までは何もせずとも握手《あくしゅ》を求められるほどだった。効果が薄《うす》れてきたのだろうか？

休憩時間になったところでフリオは喫煙所に足を運んだ。

「……ちっ」

フリオは舌打《したう》ちをしながら見返り煙草に火をつけた。

店に戻れば再び客たちが目を輝かせてフリオを見つめた。そしていつも通りの仕事をこなす。

「やっぱり頼りになるな、お前」

そして店主はフリオの肩を叩く。

これが自身にとっての正当な評価だ――フリオは安堵《あんど》しながら、店主に謙遜《けんそん》してみせる。

「いえいえ、当然のことをしてるだけですよ」

見返り煙草を吸うたびに、フリオは自身の正しさを強く実感していった。


そして数日が経った。

客席から声がする。

「あの人、この前、新聞に出てた人らしいよ」「ふうん。何で？　普通の人じゃん」

フリオはすぐさま休憩に入って見返り煙草に火をつけた。

それから数日が経った。

「フリオさん、最近ちょっと煙草の本数多くないですか？　別にいいんですけど……」

ウェイトレスから苦情が出た。フリオはすぐさま煙草を吸った。

それから数日が経った。

「お前、最近ちょっとおかしいぞ。勤務中《きんむちゅう》に煙草ばかりじゃないか。もうちょっと真面目なやつだと思ってたんだがな……」

店主から注意を受けた。フリオはすぐさま煙草を吸った。

それから一日が経った。

「悪いがフリオ。お前はクビだ」

店主は店の裏にフリオを呼び出し、明日からこなくていいと告げた。

意味がわからなかった。

何かの冗談だろうか。

もしかしたら祈物の効果が切れてしまっているのかもしれない――フリオは見返り煙草に火をつけた。

「いい加減にしろよ！　いつも煙草ばっかり吸いやがって！」

咥《くわ》えた煙草を奪い取り、その場に捨《す》てて踏み潰《つぶ》す。煙すら上がることなく、崩《くず》れた煙草がミミズのように路上で潰れた。

「以前は最低限の働きをしてくれていたから多少の煙草も大目に見てやってたが、今は仕事よりも煙草吸ってる時間の方が多いだろ、お前。正直邪魔なんだよ。仕事しないなら帰ってくれ」

冷たく言い放つ店主。

「で、でも――！」

俺をここで手放したら後悔しますよ。本当にそれでいいんですか。

フリオは必死に言葉を並べて店主を繋ぎ止める。

語る言葉の裏には店主に対する憤《いきどお》りも混《ま》じっていた。

一体誰のおかげで店が繁盛《はんじょう》したと思っているのだろうか。一体誰のおかげで店が回っていると思っているのだろうか。すべてフリオが店の仲間たちのために立ち回っているからではないのか。

「何言ってんだよお前」

店主はそんなフリオの胸中に気づくことなく、吐き捨てる。

「べつにお前がいなくても店は回るんだよ」

遠ざかる背中《せなか》にフリオが語りかけることはなかった。

代わりにその場にしゃがみ、フリオはうつむく。

「……まだ吸えるかな」

そして手を伸ばす。地面で潰れた見返り煙草は葉が飛び出してはいたものの、形を整えれば再び吸うことも不可能ではなかった。

フリオはその場にしゃがんだまま、火をつける。

白い煙が狭《せま》い路地から空へと上る。

「……別にいいさ。俺を認めてくれる場所は他にいくらでもあるんだ」

そしてフリオは立ち上がり、煙のにおいをまとわせながら、街の中を一人歩いた。

◇

何店舗《てんぽ》渡り歩いたことだろう。

見返り煙草を吸い始めてからの日々をフリオは振り返る。

いつも最初はうまくいく。入ったばかりの店舗で働きを褒められ、素晴らしい人材だと仲間たちが手を叩く。けれど次第にフリオの存在に慣れた仲間たちは感謝もしなくなる。

――俺はこんなにも有能なのに。

誰もがフリオの本当の活躍に目を向けなくなる。フリオはたまらなくなり煙草の本数を増やした。

何度も何度も増やした。

見向きをされなくなる度に、見返り煙草に手を出した。何度も何度も手を出した。

「お前はクビだ」

けれど何度も何度もクビを言い渡された。

「まともに仕事しろよ」

俺はしっかり働いているのに。

「お前全然役に立ってねえんだよ」

それは俺の活躍に目を向けてないからだろ。

「煙草ばっかり吸いやがって」

それはお前らが俺のことを見向きもしないからだろ。

店舗を渡るたびに、フリオは店主と言い合いになり、結局追放されてきた。何度も何度も同じことを繰り返す。

繰り返すたびに見返り煙草を浪費《ろうひ》していった。

だからその度にカレデュラから買い求めた。

「カレデュラさん、見返り煙草、売ってくださいよ」

自身の有能さを認めてくれる店と巡《めぐ》り合うまで、フリオは同じことを繰り返すつもりだった。

そんなフリオにカレデュラはにこりと笑って返した。

「申し訳ありません。品切れです」

「……は？」

聞き間違いだろうか。品切れ？　もう見返り煙草が買えない？　信じられなかった。「あの、俺、あれがないと困るんですけど……」

「そう言われましてもこちらも困ってしまいますね。ないものはないです」

笑顔を浮かべたままきっぱり言い放つカレデュラ。

当惑《とうわく》した。目の前の現実がぐらりと揺《ゆ》らいだような気がした。見返り煙草がない。ならばこれからどうやって生きていけばいいのだろうか。

「ほ、他に何か代用できるものとかはないんですか？　じゃないと、俺、俺――」

「ありません」

笑顔が拒絶《きょぜつ》する。

それでもフリオはすがりつくように語った。見返り煙草がなければ誰も自身を正当に評価できない。周りの連中は無能《むのう》ばかりだから。

「あれがないと誰も俺の本当の姿を見れないんですよ……！　だから、だから――」

必死に語りかけるフリオ。

「何を仰《おっしゃ》っているのですか？」

カレデュラは不思議そうに首をかしげていた。

目の前で今にも泣きそうな顔を浮かべている男。かわいそうな男。特別な才能があるわけでもなく、かといって努力ができるわけでもない。自身の才能のなさから目を背《そむ》け、周りからの真《ま》っ当《とう》な評価からも目を背け、それでもいつか誰かが認めてくれることだけを求めて待っている。けれど自身は何もすることはない。哀《あわ》れに生きているだけの空っぽの男。

そんな男の姿を見つめながら、カレデュラは、心地よさそうに笑った。

「本当の姿なら、今まさにわたくしに見せてくれているではありませんか」

# 第二章　怪奇の家



「あら？　また落ちてる……」

床《ゆか》に落ちた写真立てを拾《ひろ》い上げながら、オリヴィアは首をかしげていた。今日で何度目だろうか。見かけるたびに、家族写真が床に転がっている気がする。

この家に住み始めるよりも少し前に夫《おっと》と娘《むすめ》と肩を並べて撮った写真。仲良く笑う様子は微笑《ほほえ》ましくもあり、懐《なつ》かしくもある。

この家に引っ越してからはそんな笑顔を浮かべることも少なくなっていた。

夫は残業《ざんぎょう》が多くなったからと帰りが遅くなり、家にいつもいるのはオリヴィアと六歳になる娘のキャリーの二人だけ。別にそれだけならば何の問題もないのだが、オリヴィアはどことなく不安を抱《いだ》いていた。

引《ひ》っ越《こ》しをしてから、身の回りで妙なことが立て続けに起きている。

最初に違和感《いわかん》を覚えたのは引っ越した初日のことだった。

見覚えのない人形が廊下に転がっていた。娘に買ってやった記憶はない。前の持ち主の忘れ物だろうか？　けれど古びた人形を夫が怖がり、結局その日のうちに捨てることになった。その翌日、娘は捨てたはずの人形でおままごとをしていた。

その日を境《さかい》に奇妙《きみょう》なことは起き始めた。戸棚《とだな》に置いた皿がいつの間にか落ちている。ソファの位置が変わっている。娘は壁に向かって話しかけ、夜中に誰かの足音が廊下《ろうか》を走り回る。

心霊現象《しんれいげんしょう》。

ポルターガイスト。

目を背《そむ》けたくなるような言葉が幾度《いくど》となく頭に浮かぶ。

そして見かける度に写真立てが床に落ちている。不可解《ふかかい》な現象は今日も起き続けている。

怪奇現象《かいきげんしょう》に終わりは見えない。一体いつになったら写真の中のような明るい日々に戻れるのだろう――オリヴィアは写真立てを棚に戻し、ため息を漏らす。

『ふふふ――』

背後から、誰かが笑う気配がした。

振り返る。

「…………」

ただの廊下があるだけだった。そこには誰もいない。ぞわりと背筋《せすじ》に悪寒《おかん》が走る。今のは誰の笑い声？　聞き覚えがない気がする。娘のものではない気がする。姿の見えない何かに恐怖心が膨らんだ。廊下の向こう、ぎいいと音をたてて扉が開く。

「……ママ？」

中からゆっくりと出てきたのは、娘のキャリーだった。

怪訝《けげん》な顔を浮かべる愛娘《まなむすめ》。よほどこわばった顔をしていたらしい。オリヴィアは頭によぎった悪い予感を振り払うように首を振ったのちに、キャリーに笑いかける。

「ねえキャリー。写真立て、床に落とした？」

そう、娘のいたずらに違いない。

幽霊《ゆうれい》なんているはずがない――自身に言い聞かせるように、オリヴィアは尋《たず》ねていた。娘の前にしゃがむ様子は、あるいはいたずらであってほしいと願うようでもあった。

しかしキャリーはオリヴィアと目を合わせると、不思議そうな様子で首を振る。

「ううん。してないよ？」

当然の話だった。

棚はキャリーの身長では届かない高さにあるのだから。

であるならば、きっと偶然《ぐうぜん》だろう。幽霊なわけがない。

見かけるたびに床に落ちているような気がするけれど、それもきっと、気のせいに違いない――

オリヴィアは自身を納得させるように、首を振る。

そのときキャリーが言った。

「でもね、さっきこの家の幽霊さんが教えてくれたよ」

「え？」

幽霊さん。

ずっと頭から払《はら》い除《の》けたかった言葉を、娘が語る。

壁と話していた娘が、語る。

「写真立て、今日も落ちてるよって、教えてくれたよ――」

もう限界だと思った。

この家には幽霊が棲《す》みついている――何度も目を逸《そ》らし続けていた現実と、オリヴィアはこの日、ようやく対峙《たいじ》した。


「――というわけで、私の家の怪奇現象を止めてはいただけませんでしょうか」

数日後のことである。

オリヴィアは娘と夫を連れて、祈《いの》りのクルルネルヴィア大通りにある小さな店へと足を運んでいた。

店内にはありとあらゆる売り物が並んでいる。傘《かさ》、皿《さら》、壺《つぼ》、棚《たな》――法則性はなく、けれどすべてがアンティーク。目に映るほとんどの物に値札がついている。

「なるほどね」

一通りの事情を聞いたところで、店主がこちらを見つめながら頷《うなず》いた。テーブルにかたん、と音をたてて置かれたティーセットもまた、売り物の一つのように思えた。

彼女ならば何とかしてくれるかもしれない――淡《あわ》い期待を抱きながらオリヴィアは見つめ返す。

赤髪《あかがみ》の店主はそんな彼女に、笑いかけていた。

「……たぶん依頼する店間違ってない？」

うち、そういう店じゃないけど……？

困惑《こんわく》した様子で彼女は語る。

古物屋《こぶつや》リリエール。

それがオリヴィアたちが足を運んだ店の名である。

◇

「もう一回確認するけど」

ソファに腰掛《こしか》けたままリリエールさんは尋ねる。「家に幽霊が出るからどうにかしてほしい……って言ってるのよね？」

「はい」

「うちが何の店かはご存《ぞん》じ？」

「はい」

「そう……」

淀《よど》みなく頷く依頼主のオリヴィアさんに対して、彼女は深く息を吐いた。呆《あき》れているというよりは、困《こま》っているようだった。

子供をあやすような口調で、リリエールさんは言った。

「あのね？　うちの店は古物屋リリエール。祈物《れいぶつ》の売買を主にやっているお店なの」

「はい」

「だから、こういう案件は引き受けてはいないのよ。そもそも専門外だわ。祈物絡《がら》みの問題ではないみたいだし、私にはどうすることもできないと思うけど」

残念だけど、力にはなれないわ。

肩《かた》をすくめるリリエールさん。

古物屋リリエールは、特別な力をまとった物――祈物を売買したり、あるいはリリエールさんが解《ほど》いたりするお店。

お化けの相手はもっと別の専門家に頼むべきだろう。例えば、

「なんか霊媒師《れいばいし》とか……そういう感じの人にお願いしてみたらどうです?」

横から首をかしげるボクだった。

「……ええ」オリヴィアさんの視線がこちらにかたむく。「もちろん私たちも最初はそう思って、有名な霊媒師に家を見てもらいました」

「そうなんですか?」

頼んだ後でしたか。

それでどうなったんです?　とボクが続けざまに尋ねたところ、彼女は簡潔《かんけつ》に教えてくれた。

霊媒師が彼女たちの家を訪れたのは、今日の朝がたのこと。

家を見上げ、霊媒師はふっと笑った。

「ああ無理だねこりゃ。いやあ無理だわ。うん、無理無理」

「ええ……?」

無理ってどういうことですか……？　と困惑《こんわく》するオリヴィアさん。

霊媒師は「あたしにはどうすることもできんさね」と肩を叩く。

「あのう、何とか助けていただけないのでしょうか……？」

「無理さね」

「ええ……」

「他を当たってちょうだいな」

「ええ……？」

――以上！

有名な霊媒師とは？

「クソの役にも立ってないじゃないですか」「やめなさいマクミリア」

ボクを横から小突《こづ》くリリエールさん。

「まあそこは私たちも驚《おどろ》いたところなんですけど」肩を落としながらオリヴィアさん。「しかし、有名な霊媒師が簡単に匙《さじ》を投げたという事実から、私たち一家は一つの結論に辿《たど》り着いたんです」

「何ですか？」「やな予感してきたわ」

「霊媒師が対処《たいしょ》できない――ということは、つまり、私たちの家に渦巻《うずま》く問題は、幽霊が引き起こしたものではないのではないか」

そして一呼吸したのち、オリヴィアさんはボクたちを見据《みす》えて、言った。

「要するに、何らかの祈物の仕業《しわざ》なのではないかと思ったのです」

「どうしてそうなった」「それは私もそう思うわ」

「幽霊じゃないなら祈物が悪いに違いないんです」

わあ断言《だんげん》なさった。

「たしかに話を聞く限り祈物でも不可能ではなさそうだけれど……」リリエールさんは眉根《まゆね》を寄せる。「でもどこからどう聞いても幽霊の仕業にしか思えな――」

「でも有名な霊媒師は無理と言いましたし」

「それは単になんかこう……家に憑《と》りついている霊が邪悪《じゃあく》すぎて手に負えないということなんじゃないの？　私そういう物には疎《うと》いからよくわからないけど……」

ボクもそう思いますー。

リリエールさんに同調しながら、ボクは言う。「そもそもその霊媒師が偽物《にせもの》だった可能性もあるわけですし……もうちょっと他の霊媒師とかを頼ってみては？」

「無理です！」

途端《とたん》にオリヴィアさんは声を荒《あら》らげながら、言った。「もう私たちは限界なんです！　せっかく買ったマイホームなのに、怪奇現象は起こりっぱなし、原因も未だわからず終《じま》い！　このままじゃどうにかなってしまいます！」

そのまま彼女はソファの向かい側で泣き出してしまった。

「ママだいじょうぶ？」と隣《となり》に座っていた娘のキャリーちゃんがハンカチを差し出す。

優しい子だなぁと見つめる最中、さらにその隣に座っていた夫が、「私からもお願いします」と頭を下げた。

「家で起きている現象がただの自然現象なのか、それとも祈物によるものなのか――あるいは本当に幽霊が引き起こしているものなのか。原因すら特定できない今の現状は我々にとって耐え難いものなのです」

人はよくわからない物を恐怖する。

例えば暗闇《くらやみ》の中で瞳《ひとみ》が光ったとき。何が潜《ひそ》んでいるのかがわからないから、立ち尽《つ》くして恐怖する。それがただの野良猫《のらねこ》だと知っていればしゃがんで餌《えさ》でも差し出すかもしれない。

よくわからないから怖《こわ》い。わかれば怖くない。

祈物なのかどうかが判別できれば今よりも状況はマシになるかもしれない。

「だからどうか、お願いします……！」

せめて、一度我が家を見ていただけませんでしょうか。

オリヴィアさんの夫が、頭を下げる。

「お願いします……！」遅れてオリヴィアさんも頭を下げる。

そんな二人に挟《はさ》まれ、娘のキャリーちゃんも、「よろしくです」とボクたちに首《こうべ》を垂《た》れる。家族三人のそんな様子は祈りを捧《ささ》げているようにも見えた。

「……はあ」

そして彼女たちに、リリエールさんは深く息を吐く。その顔は、呆《あき》れているわけでも困っているわけでもなさそうだった。

「わかったわ。じゃあ、見るだけ見てあげる」

ただ観念したように、彼女は三人の願いを聞き入れた。

オリヴィアさん宅へと向かったのはその直後のことだった。古物屋リリエールからさほど遠くはなく、歩いてだいたい三十分ほど。

祈りのクルルネルヴィア大通りからほど近い場所にあり、立地はいいほう。きっと家の価格も高かったことだと思う。

「こちらです」と立ち止まり、オリヴィアさんが指差しながら見上げたのは、古びた二階建ての一軒家《いっけんや》。

煉瓦《れんが》造りの壁面を蔦《つた》が覆《おお》い隠《かく》すように生《は》えていて、ゆるい風に涼《すず》しげな様子で揺《ゆ》れている。

一見すればお化けが出てくるような物件には思えない。美しい家のように思えた。

「…………」

少なくとも、ボクにはそう思えた。

けれどボクの隣で家を見上げていたリリエールさんにとっては別の物が見えていたらしい。

「どうやら霊能力者の力は本物だったようね」

嘆息《ためいき》を漏らしながら、彼女はオリヴィアさんたちを見つめる。

それから言った。

「この家からは祈物の気配《けはい》が漂《ただよ》っているわ」

◇

原因さえわかればあとは解呪《かいじゅ》をすれば、怪奇現象をなかったことにできるはず。

リリエールさんには物にかかった祈りを取り除く力があるのだから、パパッと解呪すれば万事解決なのではありませんこと？　その場にいたボクはすぐさま「じゃあこの人たちを助けてあげましょうよ！」と思ったし、そう提案した。

対するリリエールさんの回答は次の様なものだった。

「ううん。どこに祈物があるのかわからないからムリ」

きっぱりはっきり断られた。

リリエールさんは対象物が特定できていなければ解呪はできず、けれどオリヴィアさんの家にまとう祈物の気配は、あまりにも大きいらしい。

「おそらく相当に強い願いがこもった祈物なのでしょうね。祈物の気配が大きすぎて、どこにあるのかまるで見当《けんとう》がつかないのよ」

だから対処《たいしょ》ができない。

心霊現象ではないことは判明したけれども、ここでもまた、わからないが立ち塞《ふさ》がる。

でも一応、祈物が原因だとわかっただけでも一歩前進ですよね？

ボクたちは窺《うかが》うような視線をオリヴィアさんへと投げかける。

「なるほど、そうですか……」

一通りリリエールさんの説明を聞き終えたところで、オリヴィアさんは唸《うな》るように俯《うつむ》いた。

それから言った。

ちょっと笑顔で、「閃《ひらめ》いた！」みたいな顔で彼女は言った。

「じゃあ、よければここに住んでもらえませんか？　そうしたらいずれ特定できるかもしれないでしょう？」

「え」首をかしげるボク。

「特定できるまで住み続けていただいて構いません！　私たちはその間、宿をとりますので！」

「いや」戸惑《とまど》った様子のリリエールさん。

「あなた、キャリー！　よかったわね！　古物屋さんたちがなんとかしてくれるって！」

「あのう」

勝手に話が進んでる……。

「わあい。ありがとうございます。おねえさん」「本当に何と御礼《おれい》をいったらいいか……。謝礼《しゃれい》はいくらでも払いますので、どうかお願いします！」

そしてボクに固い握手《あくしゅ》をしてくる夫さんとキャリーちゃん。

それからなんやかんやでその日のうちになぜだかボクたちはオリヴィアさん宅へと足を踏み入れることと相《あい》なった。

「…………」

「…………」

しんと静まり返った玄関《げんかん》に立ち尽くす、ボクとリリエールさん。

「まさかこんなことになるとは思いませんでした」

「私もよ」

嘆息を漏らすボクたちの声が、広い家に染み渡る。

こうしてボクたちは、古物屋リリエールとして、オリヴィアさん宅に取り巻く怪奇現象の解決に乗り出したのだった。

「——あの」

ボク、そしてリリエールさん——そのどちらでもない声が、ボクたちの間に響いたのは、その時。

一体誰の声だろう……。

ボクたちは互いに振り返る。

そこには女性が一人、立っていた——。

「どうでもいいですけど何で私まで連れてこられたんですか」

とても不服《ふふく》そうな顔したイレイナさんが、立っていた——。

…………。

ボクたちは再び顔を見合わせる。

「なんか暇《ひま》そうにしてたんですもん」「あと私たちだけで怪しい家に泊まるのはなんだか腹立たし

いわ」

「完全に八つ当たりじゃないですか」

何はともあれ三人でこうして怪奇現象と向き合うこととなったのでした。

◇

「ここから先は手分けして作業をしましょう」

ボクとイレイナさんをソファに座らせ、いつも通りの様子でリリエールさんは語り出していた。

そこが怪奇現象渦巻《うずま》く不気味《ぶきみ》な家であろうと彼女には関係ない。いつもの冷静沈着《れいせいちんちゃく》なリリエールさんの姿がそこにはある。

「まず私は怪奇現象を引き起こしている祈物の特定のために動くわ。この家で怪奇現象を起こしているのが祈物ならば、片っ端《かたっぱし》から調べていけばいずれは解呪に成功するはずだから」

「ふむふむ」

頷くボク。

そしてイレイナさんが尋ねる。

「私たちはどうすれば？」

生真面目で冷静なリリエールさんに釣《つ》られるように、ボクたちもまた、この場所が怪奇現象渦巻《うずま》く怪しい家であることを忘れて仕事のやりとりを交わしていた。

「私の仕事の補助をしてちょうだい。まずマクミリアは家を隅々《すみずみ》まで調べること。……もしかしたら私たちの目に見えない範囲に祈物があるかもしれないから、それを探して」

「わかりました！」

「それとイレイナは前の住人のことを調べて。……この家に祈物がある、ということは、以前住んでいた住人もしくはその関係者が祈物を置いていった可能性が高いわ。不動産業者に行って情報を集めてきて」

「了解です」

頷くイレイナさん。直後に首をかしげた。「……ということは私はこの家の外で調べ物をする、ということですよね」

「そうなるわね」

「……私、この家に住み込む必要なくないですか？」

「あるわ」

「それはなぜ」

「私たちだけ泊まるのは癪《しゃく》だから」

「やっぱり八つ当たりじゃないですか……」呆《あき》れて肩を落とすイレイナさん。

綺麗に役割分担できたところで、ボクたちは立ち上がり、それぞれの作業にあたることとなった。

怪奇現象が起こる家と聞かされたときは正直なところ鳥肌《とりはだ》も立ったものだけれど、二人と顔を合わせて仕事の話をしただけで恐怖心がどこかへと消えて行った気がした。

三人寄ればなんたらですね！

「ま、要するにいつものように祈物絡みの事件を解決すればいいってことですよね？」

そう考え直してみると怖い物など何もない気がしてくる。何ならいつもよりも待遇《たいぐう》はいいかもしれない。

質素《しっそ》で古めかしい外見に反してオリヴィアさん宅はなかなか豪華《ごうか》な内装《ないそう》をしていた。立地のよさから察してはいたけれどそこそこ裕福《ゆうふく》な家庭らしい。

「ひょっとして最高の環境で仕事ができるのでは……？」

「……そうかもしれないわね」

にんまりしているボクに釣られるように、リリエールさんが笑みを浮かべた。

怖がるようなことはないと安堵《あんど》しているようでもある。

「仕事内容も単純明快《たんじゅんめいかい》だし。案外早く祈物を特定して帰れるかも――」

――ごとん！

リリエールさんの言葉を遮《さえぎ》ったのは、その場にいたボクたち――よりも背後から響《ひび》いた物音だった。

何か重い物が落ちたような音。背後には誰もいないはずなのに。不審《ふしん》に思いながら、不穏《ふおん》な予感を抱きながら、ボクは振り返る。

リビングルームの一角を占《し》めていた、本棚。

ずらりと並んでいた装丁《そうてい》が綺麗《きれい》でおしゃれな本たち。みるとその中の一冊が、床に落ちていた。

それはまるで楽観するボクたちに対して警告をしているかのようでもあった。

「こわ……」

がくがくぶるぶる震えるボク。

事前に言われていたとはいえ、やはり実際に目の前で起こると恐怖を感じざるを得ない。

「で、でも、一応これ祈物が原因で起きてる現象ですし、怖がることないですよね、ねっ？」自身に言い聞かせながらも二人に問いかけるボク。

「ま、まあ……そうですね」イレイナさんは浅く頷きながら応える。「……私、外を回る仕事でよかったです」

そしてリリエールさんは、

「…………」

あれ？

リリエールさんがいなくなった。

ついさっきまでボクたちの近くにいたはずなのに、まるで煙《けむり》のように姿を消してしまった。一体いずこに？　ボクはイレイナさんと顔を見合わせ、「リリエールさん？」と声をかける。

「……何？」

不機嫌そうな声。

それから遅れて彼女は顔を出す。ボクたちのすぐ傍《そば》、テーブルの下から。

「……何やってんですか？」なんか亀《かめ》みたいになってますけど。

「ちょっと今その……、物を落としちゃって」

言い訳が苦しい……。

「ひょっとして怖――」

「違うから」

「いやでも」

「怖くないから」

彼女はそれから何事もなかったかのような顔をしながらテーブル下からもぞもぞ這《は》い出し、立ち上がる。

「私は古物屋リリエールの店主よ？　こんなもの何とも思わないわよ。原因が祈物だとわかっているのにいちいち怖がってたら仕事にならないわ」

「すごい早口」

「そもそもこれまで解呪してきた祈物の中にはもっと凶悪《きょうあく》な効果を持った祈物もたくさんあったわけだし、今更《いまさら》こんな物で――」

がたん！

「きゃああっ！」

びくん！　と縮《ちぢ》み上がりながら可愛《かわい》らしい悲鳴《ひめい》をあげるリリエールさん。背後で二冊目の本が落ちた直後のことだった。

「………」

目を細めるボク。

「違うから」

「いやでも」

「ほんと違うから」


それからも斯様《かよう》な怪奇現象は大なり小なり数多く起こった。

例えばそれは、ボクたちがそれぞれの作業に取りかかった直後のこと。

リリエールさんの指示通り、家のあちこちを調べて回る。二階建てで地下室有りの一軒家。まずは上から調べるのが定石《じょうせき》。ボクは階段を上った。

二階は端から夫婦《ふうふ》の寝室、夫さんの仕事部屋、ゲストルーム、子供部屋の四つ。物が少なめな夫婦の寝室から順に調べていくことにした。

「お邪魔《じゃま》しまーす……」

ぎいい、と扉を開くボク。

「わあお」直後に声が漏れた。

寝室に置いてあったベッドサイドテーブルが倒れ、ベッドは中途半端《ちゅうとはんぱ》にかたむいている。どうやら人が見ていなくても怪奇現象は家のいたるところで起こっているらしい。

試しに他の部屋を覗《のぞ》いてみたけれど、旦那さんの部屋も同じく散らかっており、そして普段使っていないであろうゲストルームも同様。

物が動いたような痕跡《こんせき》がないのは娘のキャリーちゃんの部屋くらいだった。

「んー……？」

でも何で娘さんのお部屋だけ無事なんだろ？

他に比べて快適さが保たれている空間を前にボクはふむふむ考える。

そんな矢先のことだった。

『ふふふ……』

笑い声がした。

どこからだろう？　ボクは辺りを見回した。廊下の向こうに階段が見える。

『ふふふ……』

再び響く笑い声。先ほどよりもはっきり聞こえた。一階からだ――ボクは誘われるように歩みを進めて、下ってゆく。

一階のリビングに戻ると、リリエールさんが黙々《もくもく》と椅子《いす》やテーブルをぺたぺたと触っている姿が見えた。解呪ができるかどうか試しているみたいだけれども。

「リリエールさん？　何か面白いものでもあったんですか？」

何でいま笑ってたんですか？　とボクは声をかけていた。

「は？」

けれどこちらに振り返る彼女は心底怪訝《しんそこけげん》な顔。いま笑いましたよね？　と改めて尋ねてみても、彼女の顔は一層曇るばかり。

「べつに笑ってないけど……」

「ほんとですかぁー？」

「あなたに嘘《うそ》はつかないわよ」

肩をすくめるリリエールさん。

物が落ちるような怪奇現象とは種類の違う体験に、ボクは少しだけぞわりとした。


こんなこともあった。

――こんこん、こんこん。

作業をしている最中のこと。

突然、家の扉がノックされた。イレイナさんだろうか？　ボクは「はいはーい」と彼女を出迎えるつもりで扉を開ける。

そこに彼女はいなかった。

「あらまぁ。どちらさま？」

代わりに立っていたのは、お召《め》し物が上品《じょうひん》なお婆《ばあ》さま。杖《つえ》をつき、「はて？」と首をかしげながらボクを見上げている。

こちらこそ聞きたいのですけど……どちらさまですか……？

などと首をかしげながらボクはむむむと顔をしかめる。

と同時にお婆さまもむむむと顔をしかめた。

「……あなた、一体うちで何してるの！」

ぱちーん！

お婆さまはボクの頬《ほお》をいきなり平手打《ひらてう》ち。

「えええええええ？」何で？　というか何でボクいきなり叩かれたの？　戸惑《とまど》うボクにお婆さまは杖を持ち上げた。

「この家は私のもんだよ！　この泥棒《どろぼう》！　出てけっ！」

ぺちぺちぺち。お婆さまの細い杖がボクの肩と腕を襲《おそ》う。

「いや、ちょっ――いきなり何なんですかぁ！」そんなに痛くないけれど見知らぬ人にいきなり罵倒《ばとう》されて戸惑《とまど》うボクだった。

「いいから出ていきなさいっ！　こらっ！」勢いのいいお婆さまはぐいぐいとボクを押す。あっという間に家の中への侵入を許してしまった。

「あぁちょっと！　困りますよ！」そもそもここボクの家でもないですし！

慌てるボク。

「……？」

けれど敷居《しきい》を跨《また》いだ途端にお婆さまはぴたりと止まる。壁を見つめ、天井《てんじょう》を見上げ、床を眺《なが》め、それから首をかしげて、「ここはどこかしら……？」と不思議そうな顔を浮かべてすらいた。

「お婆さまの家じゃないんですか……？」

「こんなところ知らないわぁ」

ふるふると首を振るお婆さま。それから彼女はしばらく家の中を不思議そうに眺めたのちに、「お邪魔したわねぇ……」と家から出て行ってしまった。

………。

「……ということがあったんですけど、これも怪奇現象の一種だとは思いませんかリリエールさん」

「言い方は悪いけどただ単に家がわからなくなったお婆さんじゃないかしら」

怪奇現象とは何も関係ないと思うわ、と肩をすくめるリリエールさん。

「しかしこのときのリリエールさんはまだ知らなかった……、さっき家に来た老人が、実は怪奇現象の一種だったことを……」

「何言ってるのよ」

もちろん当然ながら、怪奇現象も起こりまくった。

例えばゲストルームでボクが作業をしていた時。

――ばたん、ばたん！

突然揺《ゆ》れるベッド！　それはまるで目に見えない人が上で飛び跳ねているかの如《ごと》し。

「はわわ！　はわわわわわわわ……！」

その場に居合《いあ》わせたボクは当然ながら慌てふためき、それからリリエールさんがいるリビングまで逃げ出した。

「あらどうしたの？」

「べ、別に？　何でもないですけど？」

「ほんとに？」にんまりしながら目を細めるリリエールさん。「その割には慌てて一階まで降りてきた気がするけど……？」

「なんのことです？　よくわかんないですね！」

「ふうん……？」

勝ち誇ったお顔でボクを見るリリエールさん。

負けられない戦いが、ここにある。

作業に戻りほどなくすれば、家のどこからか叫び声が響き渡る。

「——きゃあああああ！」

「リリエールさーん？」

「なんでもないわよ」

リビングに顔を覗かせると不貞腐《ふてくさ》れた顔のリリエールさんがボクを迎え。

——がたがたがたがた！

再び作業に戻り、ほどなくすれば今度はボクの近くで物が動く。

「はわわわわわわわわ」

「あらあら？　どうしたのマクミリア」

「別に何でもないですけどー？」

斯様《かよう》なやりとりは幾度となく繰り返され、時間が経てば経つほどボク達は互いに「とっとと解決させて帰りたい」という気持ちが強く強く膨らんでいった。

理由は単純明快《たんじゅんめいかい》。めちゃくちゃ怖いから。

ところで人というものは危機迫った状況に陥ると通常の比にならない能力を発揮することがあるものです。

ボクとリリエールさんも例によって実力以上の力をこの日、発揮していた。

「終わったわ」

滞在を始めて数時間でリリエールさんは一階をすべて調べ尽くしたらしい。二階での作業が一通り終わって一階へと戻ってみたら、したり顔のリリエールさんがボクを出迎えた。

「祈物はありましたか？」尋ねるボク。

「なかったわね。どれを触っても解呪が成立しなかったわ」

「なるほどなるほど」

「あなたの方はどうだったの？　何か目ぼしい物は見つかった？」

ふふふ。愚問《ぐもん》ですね！

「褒《ほ》めてもらいたいですね」

えへんと胸を張りつつ、ボクはリリエールさんの目の前——テーブルの上に、小さな箱を置いた。

「何これ」

説明しましょう。

「旦那さんの仕事部屋を探していたら見つけたんです」

見つけたのはほぼ偶然と言っても差し支えない。

小難しい書類が並べられた仕事部屋。見上げてみると天井に小さな扉が一つついており、興味本位で開いてみれば、この箱が置いてあったのだ。

まるでやましい物を隠すように。

埃《ほこり》かぶって、置いてあった。

「中身は？」

「これです」

リリエールさんに促されるままにボクは箱をぱかんと開く。

縄《なわ》、櫛《くし》、刃物《はもの》、小瓶《こびん》、鏡《かがみ》——いまいち統一感が見えない小さな物たちが幾《いく》つも中には詰め込まれていた。

唯一共通点があるとするならば、箱の中の物すべてが古い年代の道具だったこと。

「これは……」

リリエールさんが息を呑む。

オリヴィアさんたちが家に住み始めたのはここ最近のこと。しかし箱は埃をかぶっており、そして中身も古い年代の物であるということは、すなわちオリヴィアさんたちが引っ越してくるより前からこの家に置かれていた物である可能性が高い。

「この箱の中にある物が悪さをしているのかもしれません」

ボクは確信をもって言っていた。

「……なるほどね」

リリエールさんは静かに頷く。

けれど直後に少しだけ不思議そうな顔を浮かべた。「……でも、どうしてこんな物が隠されていたのかしら――」

「それは確かに」

不思議ですね。

「これが祈物だとして、誰が何のために置いたのかわからな――」

――がたがたがたがた！

リリエールさんが口にした疑問を遮《さえぎ》るように、リビングの奥から物音が響く。見ると椅子がひとりでに震えていた。

「…………」

「…………」

――がたがたがたがた！

「ま、隠されてた理由のほうはどうでもいいですよね！」

「そうね、どうでもいいわね」

とりあえず箱の中の物が祈物なら、解呪しちゃえば今回の依頼は無事解決！　絶《た》えず怪奇現象が起こるお家《うち》とさようならできる。

とっとと解決させて帰りたい気持ちでいっぱいだったボクとリリエールさんはそれからすぐさま

顔を見合わせ、互いに頷き、それから解呪を実施《じっし》した。

もしも祈物ならば青白い光が浮かび上がるはず――リリエールさんは箱の中に詰め込まれた小さな物たちを両手でいっぺんに、触れた。

「えい」

光った。

「やったー！」

ばんざーい！　ボクはその場で飛び跳ね、リリエールさんに抱きつきながら喜んだ。

箱の中の何が祈物だったのか。どんな効果の祈物だったのかは今更どうでもいい。ともかくボク達は解呪に成功したのだ。

つまり一件落着！

「――何だか騒がしいですね」

玄関の扉が開く。

どうやらイレイナさんが一仕事を終えて戻ってきたらしい。「何かいいことでも？」と首をかしげながら、喜ぶボクたちのもとへと歩み寄る。

まさか既に怪奇現象が解呪されているなどとは夢にも思うまい。

「ふふふ……イレイナさん。今日のお仕事は無駄足《むだあし》になっちゃったようですね……」

「無駄足？」

胸を張るボクに対して彼女は怪訝《けげん》な顔で返した。まだ事情が飲み込めていないらしい。さてどう説明して差し上げよう？

にんまりしながらボクは考える。

そのときだった。

「あ、その箱。見つけたんですね」

イレイナさんの視線が、リリエールさんの手元にある箱に留まる。「丁度《ちょうど》その箱の話をしようとしてたところだったんですよ。よかったです」

ん？

「……何ですって？」

首をかしげ、ボクと視線を合わせるリリエールさん。

箱の話を、する？

何をおっしゃっているのですか？

頭に『？』をたくさん浮かべるボクたちをよそに、イレイナさんは冷静な様子で語り始める。

「今日は過去にこの家に住んでいた住民たちの資料を不動産業者に探してもらったり、それから今住んでいるオリヴィアさんたちにも改めて話を伺《うかが》いにいってきたりしたのですけど、ちょうどその箱のお話が出てきまして」

「この箱の話が」「出てきた？」

首をかしげるリリエールさんとボク。

イレイナさんは然《しか》りと頷き、

「その箱、オリヴィアさんの旦那さんが趣味《しゅみ》で集めている祈物が詰め込まれてるみたいですよ」

「趣味で集めてる」「祈物」

滔々《とうとう》とイレイナさんは事情を語ってくれた。

曰《いわ》く、結婚前から旦那さんは祈物を集める趣味があり、されど不気味だからとオリヴィアさんは子供ができたことを機に、捨てるように頼んだそうな。

旦那さんは形だけは承諾《しょうだく》したものの、しかし趣味とはなかなか自身の人生からは切り離せないもの。結局こっそりと収集を続けていたそうです。

「……じゃあ、その趣味で集めてた祈物が今回の怪奇現象を引き起こしていたということですか？」

与えられた情報と結論を短絡的《たんらくてき》に結びつけるボク。

イレイナさんはあっさり首を振った。

「いえ、収集していた祈物の効果はすべて危険性の低いもので、今回の怪奇現象とはまったく関係がないそうです」

「関係がない」復唱《ふくしょう》。

「間違っても触らないように気をつけてほしいとのことです。まあ解呪さえしなければ問題はないでしょうね」

「…………」

けれど残念なことに早とちりしたボクたちのせいで祈物は既に祈物ではなくなっており、つまるところ、早い話が解呪済み。

「そう……」

そして解呪をしたということは、明日にはリリエールさんのお体が物理的に幼《おさな》くなるということであり、怪奇現象を引き起こす祈物が何であれ今日明日のうちに解呪できる可能性はほぼ皆無《かいむ》に等しくなったということでもあります。

とっとと帰りたいと急いだ結果、解決が先延《さきの》ばしになってしまったらしい。

観念した様子で、リリエールさんはため息をついた。

「……とりあえず、娘さんの服を使わせてもらおうかしら」

◇

翌日の朝。

「イレイナさんってお料理うまいですね」もぐもぐしながらボクは向かい側に座るイレイナさんを褒《ほ》め称《たた》える。

彼女はしたり顔で髪《かみ》を靡《なび》かせた。

「どうして私のお料理が美味《おい》しいのか……その理由、わかります？」

「いえわかんないですけど」

「私が美少女だからです」

「尚《なお》のことよくわかんなくなったな」

何言ってんだこの人。

「まあくだらない冗談はさておき」

冗談だったんすか今の。

「リリエールさんはまだ起きてないんですか？」

言いながらちらりとテーブルに目を向けるイレイナさん。そこに置かれているのはまだ手がつけられていない朝食一つ。

一番早起きしていた彼女は、ボクが起きた頃には既に朝食を作り終えており、「遅かったじゃないですか」と朝にしては少々眩《まぶ》しい得意げな顔を浮かべながら出迎えてくれた。

せっかくなのでリリエールさんを待とうとしたのだけれど、いつ起きるのかわからなかったし――何より、解呪をした後、リリエールさんはかなり体力を消耗するから、静かに休ませてあげようということになったのだ。何と気遣いができる部下とお手伝いさんなのだろう。自身の有能ぶりに惚《ほ》れ惚《ぼ》れしちゃいますね。

「リリエールさんに何か用でもあるんですか？」気にしてるみたいですけど、とボクは尋ねる。

「そうですね。ちょっとこの家について調べた結果を色々とお話をしておきたくて」

「何です？」

「昨日調べてわかったんですけど、この家、元々いわく付きの物件だったみたいでして――どうやら前の住人が住んでいた時から怪奇現象が起き始めたみたいなんですよ」

「何ですと」

かなり重要な情報じゃないですか。「よくそんなのわかりましたね」

「ふふっ。どうして私が過去の住民について調べられたか……その理由、わかります？」

「美少女だからっすか」

「いえ普通に不動産業者に賄賂《わいろ》渡して調べてもらっただけなんですけど」

「何なんすか」

それから不動産業者から得た情報をもとに図書館へと赴《おもむ》き、過去の新聞記事を調べたのだそうな。

ボクを超えうる有能ぶりに惚れ惚れしちゃいますね。

「で、大事な話なのでできればリリエールさんが起きてからお話ししたいんですけど」

まだ寝てるんですか？　とイレイナさんが退屈《たいくつ》そうに頬杖《ほおづえ》をつく。そのときだった。

「――聞かせてちょうだい」

ぎいい、とひとりでに椅子が動いた――かと思ったら背の低くなったリリエールさんが「よいしょ」とよじ登るような形で椅子に腰を下ろしていた。

「噂《うわさ》をすればなんとやらですね。おはようございます」

イレイナさんがひらひらと手を振る。

六歳程度の外見になったリリエールさんは「昨日調べた話、詳しく教えてもらえるかしら」とシリアスな表情を浮かべる。見た目年齢にそぐわない大人びた表情。

にもかかわらず格好《かっこう》は見た目年齢にぴったり合った可愛らしいピンクのワンピース。

多分キャリーちゃんの服を拝借《はいしゃく》したのだろう。

「…………」

「…………」

「なによ」

不服そうなお顔のリリエールさん。

似合ってますねとでも言っといた方がいいのかな。

「私の格好については触れなくていいから」

と思ってたら牽制《けんせい》された。

「そうなんですか。似合《にあ》ってますね」

そしてにこりと笑うイレイナさん。

「ぶっ飛ばすわよ」

むむと不服そうな顔をしながら、リリエールさんは「とっとと詳しい話をして頂戴《ちょうだい》」と催促《さいそく》する。

「はいはい」

イレイナさんはそれから子どものわがままに付き合う大人のような調子で軽く頷きながら、

「さっきも説明した通り、怪奇現象は前の住民が住んでいた当時から起きているようです」

「ええ」聞いていたわ、と頷くリリエールさん。

「前の住民が住んでいた頃、この家は結構有名だったみたいでして——巷《ちまた》ではこんなふうに呼ばれていたそうですよ」

そしてイレイナさんは、テーブルに資料を一つ置いた。

新聞の切り抜き。

図書館から写しをもらってきたらしい——紙面の見出しには、この家の外観《がいかん》を写した写真とともに、文字が綴《つづ》られている。

それはこの家の俗称《ぞくしょう》。

イレイナさんは、読み上げた。

「——怪奇の家」

◆

それは今より七十年ほど前の話。

売りに出されていたこの家を買い取ったのは、夫婦と六歳の娘からなる三人家族。

家の敷居を跨《また》いだとき、彼らはとても驚いたと言います。

「綺麗《きれい》ねえ」

「ああ、そうだな……」

夫婦は家の中をくまなく見渡しながら感心しました。彼らの収入はさほど高くはなく、本来ならば大通りにほど近いこの家を買い取るだけの経済力もありません。

それでも買い取ることができたのは、この家が訳ありの物件だったからでした。

「……とても事件が起きた物件とは思えないな」

旦那さんは呟きます。

彼らが買い取る数年前まで、この家は、とある女性殺人鬼が所有していました。

雨の日になると傘を差して街を歩き、言葉巧《たく》みに異性を家に誘い、地下室で絞殺《こうさつ》。決まったルーティンに従い殺しをすることで快楽《かいらく》を得ていた彼女は、「雨の絞殺魔」という名で呼ばれるようになりました。

この家が新築で建てられてから数年間、彼女はあらゆる男性を家の中で死に至らしめました。

最初に殺したのは自身の恋人。そして最後に殺したのは自分自身。事件の手口が明るみになり、保安局員《ほあんきょくいん》に包囲《ほうい》されたため、たくさんの思い出が詰まった地下室の中で自らの首を吊《つ》って命を落としたのです。

事件の後、家は徹底的に清掃《せいそう》され、売りに出されました。

しかし当然ながら不気味《ぶきみ》な事件が起きた家など誰も買おうとはしません。不動産業者はやむなく値段を下げました。それでも売れず、さらに下げました。

買い手がついたのは売りに出し始めてから数年後。

ほぼ半額近くになったところで、彼らが買い取ったのです。

「なるべく地下室は近づかないようにしましょう」

「ああ、そうだな」

「それと、娘にはこの家であった事件のこと、言わないでね。怖がっちゃうから」

「わかってる」

既に街の人々の中では雨の絞殺魔が起こした事件は過去の出来事。彼らも多少の抵抗はあったものの、事件現場である地下に近づかなければ問題ないと判断したようです。

「パパ、ママ。何の話をしてるの？」

六歳の娘が二人に尋ねます。

夫婦は顔を見合わせてから、やがて優しく娘の頭を撫《な》でました。

「何でもないわ」

「新しい家での生活、楽しみだな」

笑顔が二つ、娘には向けられます。

「うんっ」

娘も笑顔を返しました。

こうして温かい家庭の、新しい日々が始まったのです。


結局のところ過去に恐ろしい殺人が行われていようが、住んでみればただの家でしかありませんでした。

住み始めてから数ヶ月。

大通りに近いため買い物はしやすく、それでいて少しだけ外れているから夜は静かで過ごしやすい。街の人々も既に雨の絞殺魔のことなど忘れているため彼らが住む家に対して悪い噂が流れるようなこともなく、家族三人はとても穏《おだ》やかな暮らしを送っていました。

「結局、変なことなんて何も起こらなかったな」

「そうねえ」隣で妻が笑います。

そして彼らは何一つ不満のない素晴らしい毎日を送りました。

しかし平穏《へいおん》が長続きすることはありませんでした。

「パパ、ママ。幽霊さんが私に意地悪《いじわる》するの」

ある日のことです。娘が唐突《とうとつ》に言いました。「お人形で遊んでたらね、幽霊さんがくすくす笑ってきたの」

途端に夫婦は青ざめました。

二人は幽霊と呼ばれるような物と遭遇《そうぐう》したことなど、ここ数ヶ月で一度もなかったのです。

「幽霊って……」

夫は息を呑み。

それから妻は恐る恐る尋ねます。

「……いつからこの家にいるの？」

娘は二人に笑顔で返します。

「この家に来た日からずっといるよ？」

当たり前のように、答えます。

絶句《ぜっく》する夫婦。

娘はそれから、言いました。

「今もいるよ」

パパとママの、すぐ後ろ——と。

虚空《こくう》を指差しながら。


幽霊は直接危害を加えてくることはありませんでしたが、娘に時折いたずらを仕掛けることがあったようです。

ある雨の日に娘は言いました。

「幽霊さんがお外に行きたいって」

ある日のお昼に娘は言いました。

「幽霊さんはね、今までたくさんの男の人と仲良くなったことがあるんだって」

ある日、寝る前に娘は言いました。

「幽霊さんが地下室を換気《かんき》してほしいって言ってるよ。大事な場所なんだって」

話を聞くたびに二人は心の底から恐怖しました。娘が語る内容は、雨の絞殺魔——かつての住人の特徴と合致するのです。

せっかく買った家なのに。手に入れた平穏な暮らしなのに。

「昨日は幽霊さんがパパとママの首を絞めるって言ってきたの。幽霊さんはいつも意地悪なことばっかり言ってくるの」

二人は娘の言動に逐一《ちくいち》悩まされました。

やがて夫婦は話し合い、娘にこれ以上、幽霊の話をさせないようにすることにしました。

方法はとても単純。

夫は娘に言いました。

「いいかい？　お前が見ているのは、幽霊なんかじゃないんだ。このお家が、お前にいたずらで見せている幻なんだ」

「お家が？」

「そう。家がお前にかまってもらいたくて意地悪をしているんだ」

「でも私、意地悪する子、好きじゃないよ？」

「そうだね。だったらどうすればいいかわかるかい」

「どうすればいいの？」

「無視をしなさい。お家が意地悪なことを言ってきても、決して見向きしちゃいけないよ。そうすればいずれ何も言ってこなくなるから」

優しく頭を撫でながら、夫は娘に言いつけました。

娘が見えている幽霊は夫婦に見えておらず、娘が幽霊の話をしなければ夫婦も不気味な思いをしなくて済みます。だから娘の口を封《ふう》じることにしたのです。

「うん。わかった」

娘は頷きます。

それからしばらく、夫婦の前で娘が幽霊の話をすることはなくなりました。二人は安堵《あんど》し、再び平穏な暮らしが戻ることを願いました。

一つ誤算があったとするなら、娘はまだ六歳になったばかりで、優しくて、それでいて好奇心が旺盛《おうせい》だったこと。

ある日、娘は夫婦に言いました。

「私ね、お家と仲良くなりたいの」

夫婦は顔を見合わせます。

きっと幽霊のことを無視しなさいと言いつけた後に、そのように思い至ったのでしょう。

仲良くされても困る——夫は顔をしかめながら、「意地悪なお家がお前の言うことを聞いてくれたことがあったかい？」と尋ねます。

「ううん」首を振る娘。「でもね、だからね。今日、大聖堂《だいせいどう》でお願いしてきたの」

「お願い？」

夫は首をかしげながらも、嫌《いや》な予感を抱いていました。

大聖堂のクルルネルヴィア像に祈りを捧《ささ》げれば、願いを叶《かな》えてもらえることが稀《まれ》にあります。身の回りの物を一つ祈物へと変える形で、願いは成就《じょうじゅ》されます。

それは祈りのクルルネルヴィアに住まう誰もが知っている常識。

「……何を願ったの？」

妻が、尋ねました。

娘は嬉《うれ》しそうに、笑顔で答えます。

「お家と仲良くなれますようにって」

大聖堂はいかなる願いも叶えることができます。

子どもがただの好奇心で願った祈りであっても。


運がいいのか悪いのか、娘の願いは叶えられてしまいました。

娘が大聖堂で願ったその翌日から、怪奇現象が立て続けに起こるようになったのです。

食器棚から物が落ち。本棚は崩れ。椅子はひとりでに動き出し。ベッドがかたむき窓が開く。ありとあらゆる物が勝手に動き出すようになりました。

まるで見えない誰かが悪戯《いたずら》をしているかのよう。

悪夢が現実となったかのよう。

「ねえねえ！　見て。お家がこのお人形をくれたの」

見覚えのない人形を手に娘は笑いました。どこから拾ってきたのかと尋ねると、娘は「お家が作ってくれたの」とよくわからないことを言いました。

やがて夫は帰りが徐々に遅くなっていきました。夫婦は恐怖しました。怪奇現象が起こる家に長居したくなかったのです。

やがて妻は情緒が不安定になっていきました。娘と二人きりのはずの家の中に何者かがいる現実に耐えきれなくなってしまったのです。

夫婦喧嘩《げんか》が絶えなくなりました。

毎日夜遅くに怒鳴《どな》り声が響くようになりました。近隣住民から心配されるようになりました。どこからともなく一家が怪奇現象に悩まされている話が噂として広まり、やがて人々は雨の絞殺魔のことを思い出しました。

きっと怪奇の家に住んだせいでおかしくなったに違いない。人々は彼らに好奇の目線を向けるようになりました。余計《よけい》に目立ったせいで家族はさらに精神を病んでいきました。

夫婦は悩みながら日々を過ごしました。家を売るべきか、それとも耐えて残り続けるべきなのか。けれどそんな二人を嘲笑《あざわら》うように、家の怪奇現象はエスカレートしていきました。

そして無情に時が流れてゆくなか、決定的な出来事が起こったそうです。

新聞の取材に夫が答えていました。

「あまりにもおぞましい出来事だった。物が動くだけじゃない。家が形を変えて、我々に襲いかかってきたんだ。壁が倒れてきたり、天井が落ちてきたり、廊下がねじれたり、窓の外に続く景色も家の中になっていた――常識では考えられないような光景だった」

度を越した怪奇現象に耐えかねた彼らは急いで家から飛び出しました。

それから程なくして、夫婦は離婚し、娘は妻が引き取りました。

せっかく購入した家は引き払われ、住む者を拒《こば》む怪奇の家として忌《い》み嫌われ、長い間、誰も住むことはありませんでした。

それから時は流れ。

かつて雨の絞殺魔に対する記憶がそうだったように、怪奇の家に対する人々の記憶もまた、時の流れと共に薄《うす》れていきました。

そして今より少し前のこと。

とある一家がこの家を買い取りました。

仲の良さそうな夫婦と、そして六歳になる一人娘。

奇《く》しくもそれは、かつて家に住んでいた者たちとよく似た一家でした。

◇

最初にこの家に住んでいた殺人鬼。

それからほどなくして家を買い取った一家。

祈りで願いを叶えてしまった小さな少女。

イレイナさんが語ったお話は一つの事実を示していました。

「この家にまつわる怪奇現象は紛《まぎ》れもなく祈物による仕業です」

そして恐らく。

話の内容がすべて事実なのであれば。

「……私たちは随分《ずいぶん》な思い違いをしていたようね」

小さくなったリリエールさんは深刻な表情でため息をついていた。

怪奇現象に見舞われながら祈物を探していたせいか——あるいはこれまで数多くの祈物に触れてきたせいで、考え方が凝り固まっていたのかもしれない。

いかなる奇跡だろうと引き起こすことができる祈物は、自由で、常識で考えることができないほど多種多様。

怪奇現象を引き起こしている祈物が、家の中のどこかにあるとは限らない。

祈物の気配が家を覆《おお》うほど巨大なのは、祈りの力が強いからとは限らない。

そもそも最初から、ボクたちはこの家で怪奇現象を引き起こしている祈物を見つけていたらしい。

リリエールさんは、天井を見上げながら、言った。

「これが怪奇現象を引き起こしている祈物の正体なのね」

——かたん。

彼女の言葉を肯定《こうてい》するように、本が一冊、棚から落ちた。

◇

リリエールさんは重めの解呪をした翌日は基本的に何もできない。

昨日うっかり旦那さんの所有物を解呪してしまったため、再び解呪するためには最低でもあと一日は待たねばならない。

「明日になったら解呪しましょう。恐らくそれでもう二度と怪奇現象は起こらなくなるはず」

リリエールさんの提案にボクとイレイナさんは頷く。恐らく現状で最も堅実《けんじつ》な方法だろうと思う。

「………」

けれど少し、ほんの少しだけ、ボクは違和感を抱いていた。

家が祈物。

というのは納得できるし、話の経緯《けいい》から言ってまず間違いないことだと思う。

でも怪奇現象が起き始めた理由が、ボクには納得ができなかった。祈りを捧げて、叶えられて、それでどうして家の中の物が勝手に動き出すようになったのだろう。

それは叶えた願いに対して正しい効果なのだろうか。

ボクは考える。

「今日はどうします？　一旦戻りますか」

「そうね。……この家だと何が起こるかわからないし、今日のところはいったん店で休もうかしら」

その横で二人は話す。

「どうでもいいんですけどその格好で出歩くつもりなんですか」

「何か文句でも？」

「外を歩いたらいよいよ本当に六歳の女の子みたいに見えるなぁと思っただけです」

「ぶっ飛ばすわよ」

「まあ朝食も済ませたことですし、この辺りでお暇《いとま》しましょうか」

「でも祈物の正体がなんとなくわかっていたなら昨晩《さくばん》のうちに教えてくれてもよかったじゃない」

「私は丸一日外にいましたからほとんど怪奇現象を見てなかったので、実証《じっしょう》のために一晩過ごしておきたかったんですよ。それに、リリエールさんも大層《たいそう》お疲れのようでしたし」

「お気遣いどうも。――それじゃ、行くわよ、二人とも」

「ええ――ん？」

「あら？」

ぎいい、と椅子を引いた音の後、二人の不思議そうな声が響く。

釣られてボクは顔を上げていた。

「どうしたんです？」

お二人とも――？　と尋ねるボク。

「…………」

二人は揃《そろ》って沈黙《ちんもく》を返した。

何も語ることはなく、ただ不穏《ふおん》な沈黙《ちんもく》が流れる中で、彼女たちは揃って一点を見つめている。

廊下の先、玄関を。

釣られてボクは視線を傾け、そのとき気づいた。

「はへ？」

玄関の扉に、鋭い棘《とげ》のついた荊《いばら》が張り巡らされていた。

まるでここから逃げ出そうとするボクたちを拘束するように。

「…………」

胸の奥に抱いた違和感が一層大きくなったような気がした。「なんか、変じゃないですか？」

「なんかどころか相当変よ」

空気が一気に張り詰める。辺りを警戒するリリエールさん。

ぱきん、とどこかで音が鳴った気がした。古い家でよくあるラップ音。かと思えば、直後に家中から音が響き渡る。

うううううう――と、うめき声のように、響き渡る。

そしてボクたちが立っていたリビングから何から何まで、姿を変えていった。

「これって……新聞に載ってたやつじゃないですか……？」

イレイナさんの頬《ほお》に汗が一筋。

思い出すのは前の住人が語った証言。

――あまりにもおぞましい出来事だった。

――物が動くだけじゃない。家が形を変えて、我々に襲いかかってきたんだ。

壁が倒れてきたり、天井が落ちてきたり、廊下がねじれたり、窓の外に続く景色も家の中になっていたり――前住人を最後に襲ったのは、そんな常識では考えられないような光景だったようだけれども。

まさしく過去の出来事を再現するかのように、玄関へと続く廊下がぐるぐるとねじれていった。窓の外から逃げようと視線を向けてみれば、信じ難いことに今ボクたちがいるリビングとまったく同じ部屋がそこには用意されていた。迷宮へと閉じ込められたような気分。

「……私たちをここに閉じ込めるつもりね」

低くつぶやくリリエールさん。

「敵意丸出しですね」

その隣でイレイナさんは眉をひそめ。

うううううううう――と、彼女たち二人の声に憤慨《ふんがい》するように、家中から唸り声が響き渡る。

そして家はボクたちに、襲い掛かる。

壁板が剝《は》がれてボクたちに向けて倒れた。ボクたちは退《しりぞ》いて避けてみせる。直後に今度は本棚が倒れる。ボクたちは顔を見合わせ、家から逃げるために玄関へと顔を向ける。

「――逃げるわよ、マクミリア、イレイナ！」

ねじれた廊下へと駆け出すリリエールさん。

「ええ――」イレイナさんもその後を追って、走っていった。

「…………」

一方で、ボクはただその場で立ち尽くして、呆《ほう》けていた。

ひょっとしたら、こんなことを考えているのはボク一人かもしれないけれど。

やっぱり、なんか変だった。

この家にいた娘さんは、祈りを捧げて願いを叶えた。

『家と仲良くなれますように』とクルルネルヴィア像の前で跪《ひざまず》くことで、叶えた。少なくとも過去の資料からはそう読み取れる。

そのはずなのに。

「どうしてこの家は人を襲うの……？」

仲良くなろうとして祈ったのに、ずっと昔から、やっていることはただの怪奇現象の繰り返し。

矛盾《むじゅん》している。

家は仲良くなるはずの人を怖がらせて、その果てに何を望んでいるのだろうか。

ボクたちは何かを見落としているのではないだろうか——。

「マクミリア、早く！」

リリエールさんが呼ぶ声に、ボクははっとする。

玄関先にたどり着いた二人が心配そうにボクを見つめる。

うううううううう——と家中から唸り声のような音が響き渡り、グラス、カップに本、それから椅子やテーブルまで。そこら中から物が飛び交った。

それはまるで怒っているように見えた。

「…………」

けれど不思議と。

何かを嘆《なげ》いているようにも、ボクには見えた。
◆

それは家が生まれて間もない頃のこと。

最初の住民が自身の中に入ったときのことを、家はよく覚えていました。

雨の日になると不気味に笑いながら自身から出て、かと思えば見知らぬ人を連れてきて、地下室に連れ込み首を絞める。それが初めて迎え入れた住民でした。

家は毎日のように泣いて過ごしました。罪のない人々が、自身の中で息絶えてゆく光景は、幼い頃の家にとって残酷《ざんこく》すぎる出来事でした。けれどその気持ちを言葉にすることもなければ、拒絶することもできませんでした。

たとえそれが人の道に外れたことであったとしても、家は所詮《しょせん》はただの物。人の営《いとな》みに干渉《かんしょう》することなどできないのです。

最初の住人が地下室で息絶えたのはそれからほどなくした頃のことでした。それから数年間は一人孤独に過ごしました。

しばらく経って、とある家族が足を踏み入れました。

殺人鬼が住んでいた家という事実に怯《おび》えながら暮らす夫婦と一人娘。好奇心旺盛《こうきしんおうせい》な娘は自身に好奇の眼差しを向けていました。

「私、お家さんと仲良くなりたいなぁ」

時折そんなことを言いながら少女は家を撫でました。そのたびに家は嬉しく思った。

歳の頃は自身と大体同じくらい。彼女と仲良くなりたいと家も深く願いました。

そんなある日のこと。

「――今日、大聖堂でお願いしてきたの」

少女は大聖堂で無邪気《むじゃき》な願いを捧げました。

気づけば家は自身の中にある物を自由自在に動かすことができるようになっていました。少女が捧げた祈りは、家に自由を与えるという形で叶えられたようです。

家は歓喜しました。

自身と仲良くしたいと言ってくれた少女とも関わり合いを持つことができるようになりました。

「ねえねえ、お家さん。今日はおままごとで遊びましょ」

女の子は自室の中で虚空《こくう》に向かって話しかける。家は彼女の言葉を聞いていました。返事をするように、女の子の目の前にお人形を生み出してみせました。

女の子は喜びました。

「うんっ。じゃあこのお人形で今日は遊ぼうね」

家は言葉を語ることはできませんでしたが、少女との間では不思議と対話が成立していました。歳が近いから、考え方も近いのかもしれません。

「ねえお家さん。高いところにある本がとれないの」

ある日、少女は本棚に手を伸ばす。家は本を落としてあげました。少女は「ありがとう」と微笑みました。

「ねえお家さん、今日はどんな服がいいかな？」

ある日、少女はクローゼットの前で悩みます。家は可愛いワンピースを落としてあげました。少女はまたも「ありがとう」と微笑みました。

日々は嬉しいことの繰り返しでした。

「ねえ、あなた。最近、この家おかしいわよ」

「ああ……」

両親はその頃から元気がなくなっていきました。一体どうしたのでしょう。生まれてからまだ数年しか経っていない幼い家にはその理由がわかりませんでした。

けれど二人のために力になりたいと家は思いました。

「あれ？　資料どこにやったかな……」

夫が家で仕事をしているときのこと。探し物をしていたようだったので、家はいつもの要領《ようりょう》で目の前に落としてあげました。

「ひっ……！」

夫の表情はなぜだか凍りついていました。

「はあ……。なんだか変なことばっかり起こるわ……」

ある日リビングで妻がため息をこぼしていました。いつも娘が驚かせて元気づけてあげていたことを思い出し、家は戸棚の中身を崩して落としてみせました。

「きゃあああああっ！」

妻はその場にへたり込んでしまいました。想像とは違う反応に家は戸惑いました。

その頃から家族の様子は徐々におかしくなっていきました。

夫婦は毎日のように喧嘩するようになりました。夜になると娘は部屋に籠《こも》り、布団《ふとん》をかぶって泣くようになりました。

注意を逸らせば喧嘩を止めるかもしれないと思い、二人の間に物を落としたこともありました。その度に二人の喧嘩は熱を帯びていきました。

そしてある日のこと。

「パパ、ママ……喧嘩しないで？」

夫婦の寝室の扉を娘が開いて言いました。毎日遅くまで怒鳴り合っていた二人のもとに、娘は勇気を振り絞って足を踏み入れたのです。

「……っ」妻は自身のこれまでの言動がすべて娘に聞かれていたことにはっとしました。血が上っていた頭が冷静さを取り戻します。

「…………」けれどその隣にいた夫は、違いました。「誰のせいだと思っているんだ」

夫はゆらりと揺れながら、娘の元に近づきます。

「……パパ？」

夫の大きな影の下で、自身を見上げる一人娘。

影の形が膨らみます。夫はゆっくりと、手を上げていました。

「——誰のせいでこんなことになったと思っているんだ！」

直後に乾いた音が鳴りました。

娘の頬は赤く腫《は》れていました。妻は呆気《あっけ》に取られて息を止め、娘は呆然《ぼうぜん》と立ち尽くし、そして静かな時間が流れました。

誰一人として言葉を語ることない静寂《せいじゃく》の中で、家は確かに思いました。

女の子を守らねばならないと、思いました。

そのあとのことは、よく覚えていません。必死になって暴れた気がします。女の子を守るために、家は夫を襲いました。壁が倒れ、天井が落ちて、廊下がねじれていきました。

恐ろしい光景に夫は逃げ出しました。

これで娘は守ることができたはずだと思いました。

「こわいよう……」

守りたかったはずの娘は妻の胸の中で静かに泣いていました。叩《たた》かれた頬が痛かったのでしょうか。手を伸ばすような気持ちで、人形を目の前に落としました。

けれど怯えた様子で、少女は呟きます。

「ママ、この家、こわいよう……」

自身を見上げるその目にかつてのような優しさはありませんでした。

一家はほどなくして荷物をまとめて家から出ていきました。家は何度も引き止めようとしましたが、その度に家族はおぞましい物を見るような目を家に向けました。

一体何が悪かったのでしょうか。

家は自身の行いを強く悔やみました。そして時が流れました。新たな家主を迎えたときに心地好くない思いをさせないために自身の中身は常に美しく保ち続けました。それから時は流れました。

新たな家主を迎えたとき、どんなふうに接すればいいのかを考えました。さらに時は流れました。

答えが出ぬまま数十年の歳月が流れました。新たな家主は一向に現れませんでした。

寂《さび》しくて寂しくてたまらない日々が、永遠のように長く繰り返されました。

そして人と関わり合うことなく、年月を重ね続けたある日のこと。

「わあ！　すごい家！」

嬉しそうに目を輝かせて家の敷居を跨《また》ぐのは、六歳程度の女の子。

「本当だな」「何でこんなにいい家が安いのかしら」

それから遅れて夫婦が足を踏み入れます。

念願叶って、ようやく家は新しい家主を手に入れました。

けれどこのとき既に家は、自身が何者であるのかを、忘れていました。何のために祈物となったのかを、忘れていました。

待っている時間があまりにも長過ぎたのです。

ただ漠然と覚えているのは、女の子の笑顔を守ろうとしていたことだけでした。

「――わあ、何これ！」

だからまず最初に、女の子にお人形をあげました。女の子はとても喜んでくれました。

「……何だこの汚い人形は。不気味だな……」「前の家主の持ち物かもしれないわ。捨ててしまいましょう」

どうすれば二人は喜んでくれることでしょう？

家は考えました。もう孤独に戻りたくはありませんでした。だから必死になって引き止めようとしました。

物を落としました。両親は嫌そうな顔をしました。一人娘は喜んでくれました。

また物を落としました。両親はもっと嫌そうな顔をしました。一人娘はさらに嬉しそうな顔をしました。

次第に父親は家に帰らなくなり、母親はいつも不気味そうに家を見つめるようになりました。夜には度々喧嘩をするようになりました。

そして家はかつての自身の過ちを思い出しました。

けれど気づいた頃にはすべて手遅れでした。

「――まさかこんなことになるとは思いませんでした」

「――私もよ」

ある日のこと、見知らぬ女性が三人、家の中に足を踏み入れました。

彼女たちが交わしている言葉の数々はすべて家自身に届きました。起こっている怪奇現象の原因を突き止め、解呪すること。それが彼女たちの目的でした。

家は恐怖しました。

せっかく手に入れた自由なのに。本当は仲良くなりたいだけなのに。

どうかわかってほしい。祈るような気持ちで、家はただただもがき続けました。

声なき声がいつか、誰かに届くことを祈りながら。

◇

この家が起こす行動の数々にイレイナさんとリリエールさんの二人は違和感を抱いておらず、けれどボクだけが疑問を抱いている。

賢《かしこ》い二人がボクでも気づけるようなことに気づかないとは考え辛《づら》く、ということはつまり二人が見ていない何かをボクは見ている可能性があるということでしょう。

以上の事実からボクは一つ考えました。

「…………」

ボクが単独行動をしていたのは昨日。

家の中をくまなく探して回った。夫婦の寝室とか、仕事部屋とか、ゲストルームとかキャリーちゃんのお部屋とか——色々と見て回ったくらい。

「マクミリア！」

玄関で待っているリリエールさんたちが急《せ》かすように声を張る。

ボクは身をかがめて駆け出しながら、辺りに転がっていた包丁《ほうちょう》を一本拾い上げる。その合間も低い唸り声と共に、そこら中から物が散乱していった。飛び交うたびにお皿が割れて、椅子も砕けて、あちこち破片だらけ。

早く逃げ出さなければ怪我では済まされない。

「二人とも、退《しりぞ》いてください！」

玄関の扉を覆っているのは荊《いばら》。

それを切り刻むことさえできれば、外に出れるはず――だからボクは包丁を力強く握りしめる。

「おりゃあああっ！」

扉から二人が退いた直後にボクは思いっきり包丁を振りかぶった。

切っ先は扉の縁《ふち》に突き刺さる。それから力を込めて、縁に沿うように刃を引く。がりがりがり、と音をたてて、荊が切れてゆく。

うううううううううう――背後から響くのは低い唸り声。

まるで痛みに悶《もだ》えているかのような声から目を背けるように、ボクは扉に手をかける。

「リリエールさん、イレイナさん！　いきましょう！」

勢いに任せてボクは扉を開く。流れ込むように二人は家の外へと出てくれた。その合間もボクは考える。二人が見ていなくて、ボクだけが見たもの。

「…………」

二人と共に家の外に出て、ボクは振り返る。

ペンが落ちた。ノートが落ちた。ベッドが、ランプが、シーツが、家中の物が雨のように降り注いでいた。

「マクミリア、どうしたの……？」

心配そうな様子でリリエールさんが問いかける。

そのときボクは見た。

リビングの真ん中に、お人形が一つ、落ちていた。

「…………」

「マクミリア？」

ずっと感じていた違和感の正体はそこにあった。

仲良くなりたいと女の子が願い、叶えられたにもかかわらず、家族を襲うのは怪奇現象の数々。矛盾を孕《はら》んだ行動の数々にボクは何度も首をかしげたものだけれども。

「……ひょっとして」

ボクは足を踏み出す。

玄関の中へと、吸い込まれるように、再び入ってゆく。

「ちょっ――マクミリア！　待ちなさい。今行ったら――」

「大丈夫ですっ！」ボクは振り返る。「ボク、なんとなくこの家の考えがわかった気がします！　任せてください！　と言いながら、ボクはこちらに手を伸ばすリリエールさんに笑いかけてみせた。

身をかがめながら、再びリビングへと入ってゆく。

唸り声がそこら中から響いても、威嚇《いかく》するようにキッチンや二階から物が飛び交っても、恐怖を顔に出すことは一切しなかった。

そしてリビングの真ん中にたどり着いたところで、ボクは家中に響き渡るように大声を張り上げる。

「怖くないよ！」

どれだけ威嚇をされようとも、どれだけ怪奇現象が起ころうとも、怖くもなんともない。

平気な顔してボクは立っていた。

「キミがどれだけ物を動かしても、物を落としても、ボクは全然怖くないよ！」

胸を張って、立っていた。

――最初に違和感を抱いたのは、家の二階を探索していた時のことだった。

娘のキャリーちゃんの部屋だけが、とても綺麗で、整っていて、物を落とした気配がどこにもなかった。

それは彼女の前では怪奇現象を引き起こす必要がなかったということだ。

彼女とはお友達でいることができたということだ。

依頼にきた時の一家の様子をボクは思い出す。娘のキャリーちゃんは怪奇現象を怖がっていただろうか。

違う。怖がっていたのは、両親の二人だけ。

そして話を聞いた、ボクたちだけ。

「怖がられることが怖いんだよね」

キャリーちゃんとボクたち。

そこにあるのは子供と大人の違い。

他者に自身をわかってもらいたいとき、人は試行錯誤《しこうさくご》を繰り返す。この家にとってはその手段が怪奇現象だったのではないだろうか。

「大丈夫だよ。ボクはキミのことを怖がったりしないから」

駄々をこねる子供をあやすように、ボクは語りかけていた。その合間に、尚《なお》も物は降り注ぐ。尚も家は形を変え続ける。

うううううううう――と唸り声が絶えず溢れる。物が飛び交う勢いは尚も止まらない。

ボクの声は、届いていないのだろうか。

「……お願い、ボクの声を聞いてよ」

何が足りないのだろう。

「ボクは怖がったりしない。キミを拒絶したりなんてしないから――」

かつて少女に祈られた通りに仲良くしたいだけならば、きっとボクたちの間にあるのはただの誤解一つ。悪意がないなら解呪をする必要はない。無害ならばこのままでいい。

だからどうか、もう暴れないでほしい。

ボクは祈るように声をかけ続ける。

けれど唸り声は、留まることはなかった。

一体どうすればいいのだろう。

ボクは立ち尽くす。

そのときだった。

「――そうそう。昔もこんな感じに暴れていたわねえ」

懐かしそうな様子の声がボクの背後から響く。

そこにはお婆さんが一人、立っていた。

◆

ひどいことをしてしまったという自負《じふ》がある。

それでも今の今まで謝ることも改めることもできなかったのは、家が言葉を持たなかったからだった。人と関わる機会を得られなかったからだった。

だから何もかもわけがわからず、ただ暴れ続けた。

「こらっ」

こつん、と家の床を杖が叩く。

痛くはなかった。

それでもなぜだか家は物を投げることも、落とすことも、家の形を変えることもやめていた。そうしなければならないと感じていた。

突然家の中に入ってきた老婆に、なぜだか従わなければならないと感じていた。

「いつまでも子供みたいに暴れるんじゃないの。人様《ひとさま》の迷惑になるでしょ」

厳《きび》しい口調で叱《しか》りつける老婆。

不思議だった。

ずっと昔に会ったような気がする。家の中に入ってきた老婆からは、懐かしい雰囲気《ふんいき》を感じていた。それでも誰かは思い出せない。

「あなたは……？」

家が抱いた疑問を、マクミリアが首をかしげながら尋ねていた。

老婆は笑う。

「この家の住人よ」

そんなはずはない。

「いや、この家は今オリヴィアさんという方とその家族が住んでますけど……」

「じゃあその前」

「その前……？」

そんなはずは、ない。

首をかしげるマクミリアと、その隣で穏やかに笑う老婆の顔を見つめて、家は気づく。

前の住人。

自身に祈りを捧げて命を与えてくれた張本人《ちょうほんにん》――数十年前、小さな女の子だった人間が、そこにはいた。

ひどいことをしてしまったという自負がある。

数十年前にこの家で一家はばらばらになった。父はおかしくなり、母が娘を引き取り、実家で育てた。以降も娘は何度となく家の様子を気にかけた。けれど近寄ることはなかった。前の家に囚《とら》われ続ければ続けるほど母を苦しめることを知っていたからだった。

だから謝ることも改めることもできずに時間だけが流れていった。

娘はそれから少女になり、大人になった。結婚して、家を買って、子供が生まれて、仕事をしながら子育てをした。忙《いそが》しいながらも充実した日々だった。

やがて子どもが独り立ちして、家が少し広くなった。夫婦で穏やかな時間を過ごした。先立ったのは夫の方だった。家はもっと広くなった。幸せな思い出が詰まった家の中で彼女は一人過ごした。

その中で色々なことを忘れていった。

昨日何を食べたのかを忘れた。家族で過ごした思い出を忘れた。気分転換に散歩《さんぽ》に出た。帰り道を忘れた。やっと家にたどり着いたと思ったら知らない場所についていた。老いてゆく自分自身に彼女は呆れながらため息をついた。

それから散歩に出るたびいつも同じ場所にたどり着くようになっていた。

懐かしい家だった。けれど何が懐かしいのかは覚えていない。目的があって扉を開いたはず。けれど何をしたかったのかは覚えていない。

老婆はただ毎日のように、漠然《ばくぜん》とした思いを抱えながら道を歩き続けた。

そして今日という日が訪れた。

老婆が家にたどり着いたとき、ちょうど中から慌てて出てきたのは一人の女性と手を繋いだ赤髪の女の子。まるで親子のように見えた。

扉の向こうには物が飛び交う様子が見える。

それはずっと昔に見たものと、まったく同じ光景だった。

家の景色のすべてがめまぐるしく入れ替わり、そして物が雨のように降り注ぐ。低い唸り声がそこら中から響き渡る。

覚えている。

小さい頃に、初めて家に対して恐怖を抱いた時の光景と瓜二《うりふた》つだった。

「あなたは私を守ろうとしてくれただけなのよね」

老婆はその場で跪《ひざまず》き、家の床に触れる。子どもの髪を撫でるように、優しく。

それから溢れたのは、ずっと昔から胸の奥に秘めていた言葉。

とうの昔に忘れてしまっていた言葉。

「ごめんなさい、ありがとう」

降り注ぐ音と、響き渡る唸り声のすべてがぴたりと止まる。

それは彼女がずっと言いたかった言葉であり、家がずっと求めていた言葉だった。

家と仲良くなれますように。

小さい頃に願った祈りは、そうして再び叶えられた。

◇

騒動が収まってから一日が経った。

いつものように古物屋リリエールに戻ったボクらを迎えてくれたのは、大人の姿に戻ったリリエールさん。

解呪のせいで子どもになっても時間が経てば元通り。いつもの時間に出勤してきたボクに対して彼女はいつものように「おはよ」と紅茶《こうちゃ》片手にご挨拶《あいさつ》。

「昨日はお手柄《てがら》だったわね。あなたのおかげで無事解決できたわ」やるじゃない、と彼女はボクの肩を叩く。

ボクはえへへと笑いながらも彼女に返す。

「今日、オリヴィアさんの家、見てきましたよ」

「あらそう。どうだった？」

「うまくやってるみたいです。まだ二日目ですけど、慣れたみたいですよ」

「そう」

頷くリリエールさん。

家にまつわる怪奇現象を解決できたのは、昨日の話――前の住人だったお婆さんが宥《なだ》めてくれたおかげで、ボクたちはようやく家とまともに対話をする機会を得ることができた。

住む人間に対して家が危害を加えたがっていたわけではない。

ならばボクたちに与えられた選択肢は二つのみ。

解呪してただの家として利用するか。

それとも解呪をせずに特別な祈物の家として住み続けてもらうか。

「――というわけなんですけど、どう思いますか？　オリヴィアさん」

昨日。

家が鎮《しず》まった直後にボクたちは家主であるオリヴィアさんたちを呼び出して、二択《にたく》を迫った。

彼女はたいそう戸惑っておいでだった。

「え、ええっと……？　家が実は私たちと仲良くしたがっていただけで……？　本当は純真無垢《じゅんしんむく》で……？　危害を加えるつもりはない……？」

ボクが説明した内容をざっくり並べながらも戸惑う彼女。

ぐちゃぐちゃになっていたはずの家の中は既に元通り。ボクたちがお願いをしてみればすぐに荒れ果てた状態をなかったことにしてくれた。

「そもそも怖がるような相手じゃなかったんですよ。この家は住む人たちのことをちゃんと考えてくれてますよ」

だから口にする言葉のすべてが本音《ほんね》で、何を求めているのかがわかり易い一人娘のお部屋だけは綺麗で整っていたのです。

大人であるボクたちやオリヴィアさんたちも、はっきりと頼めば家はそれに応えてくれるはず。

「ほ、本当に……？」

戸惑いながら、オリヴィアさんは家に足を踏み入れる。「じゃ、じゃあ……例えば、キッチンを綺麗にしてくださいって頼んだら……そうしてくれるのかしら」

家の中に向かってお願いをしてみるオリヴィアさん。

直後だった。

からん、からん、とキッチンから音が鳴り響く。

「ひゃっ……！」

驚くオリヴィアさん。

けれど直後に彼女は両手でお口を覆いながら目を見開いた。

古びたキッチンがまるで真新しい新築のように綺麗なものに入れ替わっていたのだから。

「まあ……！」

こぼれるのは感嘆《かんたん》のため息。

ボクたち大人と家の間に足りなかったのは、言葉だけなのです。

「じゃ、じゃあ……！　キッチンの他にもリビングを新しくしてもらうことはできる？　最近ソファが古くなってて、直したいと思ってたところなの！　あと、それからダイニングテーブルも！」

要望一つ通った途端にオリヴィアさんは嬉しそうに目を輝かせながら家の中で声を張る。家は彼女のお願いをすべて綺麗に叶えてみせた。

ちゃんとお願いをすれば、ちゃんと応えてくれる。

その事実に気づくまでにどれほど時間がかかったことでしょう。

「よかったねぇ……」

お婆さんはオリヴィアさんの喜ぶ顔を眺めながら――あるいは意気揚々《いきようよう》と物の姿を変えてゆく家の様子を嬉しそうに笑って見ていた。

彼女にはお礼を言わねばならない。

「ありがとうございます。おかげで怪奇現象の事件、解決できました」

わーい、とお婆さんの手を握って笑うボク。

彼女は「はて？」と不思議そうな顔をしながら「私は別に特別なことはしてないわよ……？」とご謙遜《けんそん》。

何を仰《おっしゃ》いますやら。

「あなたが祈りを捧げなかったら家は今もこんな綺麗な状態で残っていませんし、あなたが今日来なかったらボクたちは多分、祈りをなかったことにしてましたよ」

害なき家を有害と勘違いして、解呪してしまっていたかもしれない。

それほどまでに勿体《もったい》ないことがあるだろうか。

「ならよかった」ふふふ、とお婆さんはお上品に笑っていた。これまで歩んできた人生の豊かさを思わせる穏やかな笑みだった。

そして彼女のもとに、キャリーちゃんが歩み寄る。

「ねえ、お婆ちゃん。うちに上がってて？」

屈託《くったく》のない瞳で彼女は元住人を見つめていた。

「あら……悪いわよ。私はもうこの家には住んでいないんだし」困ったように彼女は笑う。

「いえ、迷惑だなんてことはありません」首を振るのはオリヴィアさんの旦那さん。「よければ色々とお話を聞かせてください」

「でも……」

躊躇《ためら》うお婆さん。

うううううう――と家の中から控えめに唸り声がしたのは、その時だった。

ころん、と古びたお人形が一つ、玄関先に転がった。

家は言葉を持たず、行動のみで思いを伝える。

「あら……」

玄関先に置かれた人形にはどんな意味が込められていたのだろうか。

けれどそんなこと、考えるまでもない。

ゆっくり、懐かしそうに歩むお婆さんは、まるで小さな女の子のように無邪気な表情を浮かべていたから。

◇

「いやあ……いいことしちゃいましたねぇ……」

お店でしみじみとしながら一人頷くボク。昨日はひょっとして大活躍だったのではないだろうか。

浮かれちゃいますね。

『ふふふ……』

後ろから笑い声が聞こえたのはそんな時のことだった。

むむむむ。

「何ですかリリエールさん。何かおかしいですか？」

たまには自画自賛《じがじさん》くらいしてもいいじゃないですかー。とボクは抗議の目を向けながら彼女に対して振り返る。

「は？」

デスクの向こうで怪訝《けげん》な顔をした彼女の姿がそこにはあった。「……何のこと？」

いやいや。

「いま笑ったじゃないですか」

「笑ってないけど」

むむむむ？

「いやでも、笑い声聞こえましたけど」

「あなたに嘘はつかないわよ」

肩をすくめるリリエールさん。

「…………」

「…………」

それからボクたちはしばし見つめ合う。

言葉にせずとも彼女が考えていることは、ボクには手に取るようにわかった。

もう一つ、昨日のことで思い出さねばならないことがある――。


「ありゃあ……、こりゃあたまげた。家の幽霊を取り除いたのかい」

それはオリヴィアさんの旦那さんとキャリーちゃんに手を引かれてお婆さんが家の中へと入った直後のこと。

言い換えるならばボクとイレイナさん、それからリリエールさんが一仕事終えた安堵《あんど》と達成感を込めて眩《まぶ》しい瞳を家に向けていた時のこと。

また新たな老婆が現れた。

「わあ何ですかこの老婆」「やめなさいマクミリア」

先ほどのお上品で優しそうなお婆さんとは違い、いかにも怪しい風貌《ふうぼう》にボクたちは大層《たいそう》顔をしかめた。彼女にふむふむふむと興味を示したのはイレイナさんくらいだろう。

「この人……私と同類の匂《にお》いがしますね」

「ろくでもない人間ってことかしら?」

「清廉潔白《せいれんけっぱく》で素晴らしい人間ということです」失敬《しっけい》ですね、とイレイナさん。

「あたしゃ霊媒師《れいばいし》だよ」

「前言撤回《ぜんげんてっかい》します。私と正反対の人間です」

手のひら返しがすごい。

呆れた様子でボクとリリエールさんがイレイナさんを見つめるなかで、老婆は「この家の除霊《じょれい》を担当したのはあんたらかい？」と尋ねる。

曰《いわ》くボクたちの前に現れた霊媒師は、少し前にオリヴィアさんたちに依頼をされた有名な霊媒師らしい。

ああなるほど。

「偽物《にせもの》の方でしたか……」

「誰が偽物だい。あたしの能力は本物だよ！」

「それで偽物さんがなぜここに？」

「本物だって言ってんだろがい」

まったくもう、と老婆はため息つきながら、ボクを睨《にら》む。「ちょっと心配になってね、様子を見にきたのさ――」

けれど家の様子はご覧の通り、怪奇現象は形を変えて住む人の要望に応える家へと変わっている。

つまるところ最初から幽霊などいなかったということ。

「ふっ。最初から霊媒師の力なんて不要だったということよ」したり顔をするリリエールさん。

老婆はうむと頷く。

「やあ本当に驚いたわい」

それからボクを見ながら、言った。

「悪霊を自分に憑依させるなんて、なかなかやるじゃないか。あんた」

…………。

んん？

「何です？」

「？　おや？　違うのかい？」

老婆はボクの真後ろを眺めながら、それから語った。

あんたの後ろに、女の霊が憑《つ》いてるよ――と。


ついでにいくつか思い出したことがある。

「リリエールさん」

「何」

「そういえば例の家って、お婆さんたちが住む前は殺人鬼が住んでたんですよね」

「そうらしいわね」

「家で亡くなったんですよね」

「そうね」

それからもう一つ。

思い返してみれば変なことがある。

「……リリエールさん」

「何」

「確かオリヴィアさん、言ってましたよね。時々、家で変な笑い声が聞こえるって」

「そうね」

「でも祈物の家は笑い声なんてあげませんでしたよね」

「……そうね」

「…………」

「…………」

沈黙するボクたち。

ぞわぞわと静かに鳥肌《とりはだ》が立ってゆくのをボクは感じていた。ボクら二人しかいないのに、なぜだかもう一人分の気配を、ボクは感じていた。

『ふふふふ……』

そして再び、笑い声がどこからともなく響き渡る。

あああああああああ！

「リ、リリエールさん！　助けてください！　なんか変なの連れてきちゃったっぽいんですけど！」

なんかそういうのを払い除けることができる祈物とかってないですか！　ねえ！　とボクはあわあわしながら彼女に頼る。

「いやあ私そういうの専門じゃないし……」

そそくさと逃げ出すリリエールさん。

「逃げないでください！」

「こっちにこないで」

「待ってください！」

「ほんと来ないで」

『ふふふふふ……』

「いやあああああああああああああ！」

ボクの絶叫《ぜっきょう》が古物屋リリエールに響き渡る。

結局それからボクはしばらくの間、正しい意味での怪奇現象に悩まされることになった。

## 第四章

# 思い出に導く標本



「俺……最近、嫌《いや》な夢をよく見るんです」

「嫌な夢、ですか」

その日、カレデュラに悩みを打ち明けたのは、ヴィリーと名乗る男だった。

歳《とし》はおおよそ二十代前半。学校を卒業して数年程度といったところ。事務員をしている彼は激務《げきむ》の日々を送っているらしい。

カレデュラが彼を見かけたのも、平日深夜の暗い道。彼が虚《うつ》ろな表情で家路《いえじ》に向かっている最中のことだった。

事情を尋《たず》ねるカレデュラに、彼は言った。

「俺、昔……同級生の女の子に酷《ひど》いことをしてしまったことがあるんです。その時のことが、今も夢に出てくるんです……」

「どんなことをしてしまったのです?」

懺悔《ざんげ》に耳をかたむけるカレデュラ。

ヴィリーはため息混じりに答える。

「……いじめに加担《かたん》してしまったんです」

「まあ」

「本当は俺、べつに彼女のこと、嫌いでもなかったのに……、友達にやれって言われて……」

「それで、相手の女性はどうなったのですか？」

「……学校に来なくなりました」

「まあ……」

両手で口を抑《おさ》えて驚いたような仕草《しぐさ》を浮かべてみせる。別に本当に驚いてはいない。よくある退屈《たいくつ》な不幸話だと思った。

「俺、そのときからずっと、彼女に謝《あやま》りたいんです……。大人になった今でも、時々彼女のことを思い出すんです。そのせいかな……最近は全然仕事もうまくいってなくて……」

彼は愚痴《ぐち》のように今の苦労話をカレデュラに明かした。

給料は安い。残業代を律儀《りちぎ》に払うような会社ではないから。

仲の良い同僚《どうりょう》や先輩《せんぱい》はいない。だから夜遅くに及《およ》ぶ仕事を手伝ってくれる人もいない。愚痴を聞いてくれる相手も同様。

職場の女性たちからは嫌われている。学生の時と同じような距離感で接してみたら馴《な》れ馴れしいと距離を置かれたからだ。

上司《じょうし》からの信頼も低い。職場で孤立《こりつ》しているヴィリーは仲間とのコミュニケーションを拒否《きょひ》しているように映るから。

それは楽しかった学生時代とは真逆《まぎゃく》のような生活。

仲間もいない、恋人もいない。金もない。だから辛《つら》く、だから夜遅くに一人で家路につかねばならない。

学生時代が充実したものであればあるほど、現実は重くのしかかる。

「可哀相《かわいそう》に……」カレデュラは思ってもいないことを並べたのちに、ヴィリーに手を差し伸べる。

「あなたは過去に囚《とら》われて、前を向けなくなっているのですね。過去が楔《くさび》となり、今の日々に暗い影を落としているのでしょう」

「そう、かもしれませんね……」

ぽつりとこぼすヴィリー。

カレデュラは優しく語りかけた。

「よければわたくしが、あなたの日々を変える祈物《れいぶつ》を売って差し上げましょうか?」

その言葉にゆっくりと顔を上げるヴィリー。

カレデュラは懐《ふところ》から祈物を一つ、取り出した。

「これを使えば、今の日々を変えることができますよ」

◆

その日も夢を見た。

「俺と、付き合ってください!」

目の前には女子生徒が一人。戸惑《とまど》った様子でヴィリーを見つめている。

「わ、私なんかで……いいの？」

名前はルウナ。

いつも教室の隅《すみ》で本を読んでいる。肩身《かたみ》が狭《せま》そうにしている地味《じみ》な女子。いつも一人だから、仲の良い女子はいない。図書室でたまにヴィリーと会話をする機会はある。けれど友達と呼べるほどの距離感でもない。その程度の間柄《あいだがら》。

「こんな私なんかで……いいの？」ルウナは戸惑った様子でヴィリーを見上げていた。

だから頷《うなず》く。

「君じゃなきゃだめなんだ」

決意に満ちた顔は冗談《じょうだん》を言っているようには見えなかった。

だからルウナは、頷《うなず》いていた。

「じ、実はね、実は、私も――」

言った途端に、頭上から水が降り注ぐ。

雨ではない。

バケツの水がひっくり返されたかのように、ルウナの頭からつま先までを濡《ぬ》らした。

偶然ではない。

ルウナが見上げると、空バケツを持った女子生徒数名がにやにやとした顔で彼女を見下ろしていた。

「……え」

何が起こったのか理解できず、ルウナは呆《ほう》けた表情を浮かべていた。

なぜ濡れているのか。なぜ頭上の生徒たちは笑っているのか——なぜ、ヴィリーの周りに生徒が集まってゆくのか、理解できない。そんな顔をしていた。

「迫真《はくしん》の演技《えんぎ》だったなぁ、おい」

集まった仲間の誰かがヴィリーに語りかける。

「君じゃなきゃだめなんだ、なんてよく言うぜ。罰《ばつ》ゲームなのによ」

誰かが振り返りルウナを笑う。

罰ゲーム。

「あはは！　あんたが告白なんかされるわけないじゃない！」「ブスが調子に乗んなよ」

バケツを放り投げながら、女子生徒たちがルウナに上から罵声《ばせい》を浴びせていた。

「……ヴィリー君？」

囁《ささや》くような声が、ルウナから漏れた気がした。

仲間たちと過ごす日々は楽しい。仲間たちが楽しいことは、自分も楽しい——ルウナに個人的な恨《うら》みがあったわけではない。ただ周りの人間の色に染められて、ヴィリーは笑った。

絶望《ぜつぼう》に染まった瞳《ひとみ》を自身に向けているルウナから目を逸《そ》らしながら、笑った。

「…………」

いつものようにベッドで目を覚ます。

いつものように気分は最悪だった。身体を起こしてベッドの傍《かたわ》らに目を向ける。

昨晩《さくばん》の出来事——道端《みちばた》で偶然《ぐうぜん》出会った怪《あや》しい女との会話は、夢ではなかったらしい。

「——これは『思い出に導く標本《ひょうほん》』と呼ばれる祈物です」

カレデュラと名乗った女は、ヴィリーの手に置いた祈物をそのように呼んだ。

息絶えた綺麗《きれい》な蝶《ちょう》の標本。

「いま会いたい人のことを思い浮かべて標本から針《はり》を抜いてください。蝶が飛び立ち、行き先を導いてくれることでしょう」

そのあとどうするかはご自由に。

いい結果になるよう祈っていますね——とカレデュラはヴィリーの手に触れながら、言った。

冷たい手だった。

その感触を思い出すように、手のひらを見つめる。ヴィリーはベッドの脇《わき》に、手を伸ばす。蝶の標本は、確かにここにある。

「……ルウナ」

何度も頭の中で悔《く》いてきた。

本当は傷つけたいわけではなかった。

同じような立場になってようやく気づく。自身の行いが何もかも間違っていたことに。

彼女が学校に来なくなってから——大人になってから、度々《たびたび》ヴィリーは彼女のことを思い出していた。

たまに図書室で顔を合わせて、少しだけ話す程度の仲。

けれど振り返ってみて思う。

周りの仲間たちに合わせて笑っていた時よりも、ひょっとしたら彼女といた時間のほうが、自身にとっては心地のよいものだったのではないか——。

『——あ、今日も来たんだ。いらっしゃい、ヴィリー君』

図書委員の彼女はよくカウンターの向こうで笑いかけてくれた。クラスで誰かと話しているところなど見たこともなかったから、初めは戸惑った。

頻繁《ひんぱん》に足を運ぶヴィリーとは自然と話すようになった。

『——その本、面白かったでしょ。私も好きなんだ』

趣味《しゅみ》が合ってたまに話すこともあった。けれど人前で話すようなことはしなかった。

『…………』

教室で見かける彼女はいつも暗い顔をしていたから。彼女の所持品はいつも誰かの落書きがあった。彼女の服はいつもどこか汚れていた。家が貧乏《びんぼう》らしい。暗い顔をしていて気色《きしょく》悪い。だから誰も彼女に好意を寄せなかった。

『あの女さ、いつも不気味《ぶきみ》で気持ち悪いよな——』

ある日、仲間の誰かがヴィリーの肩を叩いて尋ねた。顔を向ける。同意を求めているような顔だった。

だからヴィリーは静かに頷いていた。

仲間と過ごす日々のほうが、ヴィリーにとっては大事だったから。

『……ヴィリー君？』

だから彼女が学校を去るまで、彼女が自分に好意を寄せていたことにすら、気づかなかった。

「…………」

標本を、ヴィリーは摑《つか》んでいた。

いま彼女はどうしているのだろうか。

自分のせいで苦しんでいるのではないだろうか。

「謝らなきゃ……」

そしてヴィリーは標本から針を抜く。

過去の過ちを払拭《ふっしょく》するために。

少しだけ前に進むために。

◆

「辛い、苦しい……誰か助けて……」

ベッドに腰掛《こしか》けたまま、両手で顔を覆《おお》い、ルウナは呟《つぶや》く。傍《かたわ》らには本が一冊。元々何が書かれていたのかわからないほどに文字が書き込まれ、ボロボロだった。

「どうして私ばっかり……こんな苦しい思いを続けなければならないの……？」

誰かに助けてほしい。

誰かに手を差し伸べてほしい。

胸の内から溢れ出す気持ちを、彼女は吐き出す。何度も何度も同じことを、繰り返した。

同じ毎日がそうして繰り返される。

「………………」

胸が痛い。

苦しい、辛い。

同じ言葉を繰り返す。

けれどいつものように陽は昇《のぼ》る。眩《まぶ》しい窓の外を眺《なが》めたのちに、ルウナは立ち上がる。

「はあ……」

深いため息が自然と漏《も》れた。

こぼれた涙《なみだ》を拭《ぬぐ》って、出かける準備を整える。

そしていつものように、俯《うつむ》きながら、家を出る。

誰とも目を合わせないように——誰の目にも留まらないように、祈りながら。


仕事に向かう道中。明るい通りを歩きながら、ルウナはふと思う。

今日はいつもと何かが違う気がする。

街の景色も同じ。人の流れも同じ。けれど何かが決定的に違う。

数年前もそうだった。

何かが変わるような予感がしたその日に、ルウナの人生は大きく変わった。

『――君じゃなきゃだめなんだ』

彼女に彼がそう言ってくれたことを、今でもルウナは覚えている。

「……急がなきゃ」

高鳴《たかな》る胸の赴《おもむ》くままに、彼女は顔を上げて、駆け出す。

今日はとてもいい日になりそうな気がした。

「――ルウナ！」

後ろから声をかけられたのは、その矢先《やさき》。

誰だろう。

彼だろうか。

ルウナは振り返る。

いつ、いつ、いつものように、彼に挨拶《あいさつ》するために。

「おはようございま――」

直後に固まった。

息を切らし、ルウナの前にやってきた男は、いつ、いつもの彼ではなかった。

「ルウナ……！　本当に会えるなんて……！　祈物の力は本当だったんだ……！」

彼女には理解できそうもない独《ひと》り言《ごと》を嬉《うれ》しそうに語るのは、小太《こぶと》りの男だった。

顔は地味《じみ》。髪はぼさぼさ、服はよれよれで、身だしなみにはまるで気を遣っていないことがよくわかる。周りから自身がどのように映るのか興味がないのかもしれない。

傍らには蝶が一羽。興奮したように肩《かた》をはずませ臭《くさ》い息を吐く彼から逃れるように、ルウナの周りをひらひらと舞っていた。

「な、なあ……俺のこと、覚えてるか……？」

期待に満ちた目をしていた。

知っている。

男の名前は、ヴィリー。

とうの昔に捨てた過去の中にいた有象無象《うぞうむぞう》の一人。

孤独な学生時代に気の迷いで惹《ひ》かれていた下《くだ》らない男。

◆

「お、俺だよ！　ヴィリーだよ！　覚えてないのか？　ほら、同級生で、図書室でよく喋ってた男子だよ！」

胸が高鳴る。ヴィリーは興奮混じりに語りかけていた。

蝶が導いた先にいたのは、かつてとは見違えるほどに美しい女性だった。地味だった彼女の面影《おもかげ》はない。

声を聞くまでは、人違いではないかと疑《うたが》ったほどだった。

こんなに綺麗になっているなんて――驚きながらも、ヴィリーは語りかける。

「俺、君にずっと謝りたかったんだ！　昔、ひどいことをしただろ？　そのときのこと、ずっと、後悔してて、それで……」

「…………」

黙ったまま彼女はこちらを見ている。

「昔は仲間に釣られてあんなことしたけど、本当は君のこと、傷つけるつもりはなかったんだ。本当ごめん。今更謝っても遅いことはわかってる。でも謝っておきたくて――」

言い訳のように、言葉を並べる。

ほどなくして彼女から返ってきたのは、震《ふる》えた声。

「……何で？」

突然《とつぜん》現れて驚かせてしまったのかもしれない。説明が足りていなかったようだ。ヴィリーは慌てて付け加えた。

謝ろうとしていたときに、ちょうど親切な古物屋《こぶつや》が祈物を売ってくれたこと。勇気を振り絞って今日、きたこと。

「急で驚いたよな、本当ごめん。でも俺、ずっと君のことが忘れられなくて――」

「何で私の前に来たの？」

言葉を遮《さえぎ》る。

ヴィリーを見つめる彼女の目は、恐怖に支配されていた。

理由なら、たった今、話したつもりだ。

「だ、だから……君に謝りたくて――」

「今更？　私に何を謝ろうって言うの？」

「だ、だから、酷《ひど》い仕打《しう》ちをしたことを――」

「それを今、ここで、私に謝って、それで一体どうしたいの？」怖《こわ》い。気持ち悪い。ルウナの表情が嫌悪感《けんおかん》に染まってゆく。「私、もう昔のことなんて忘れて、今は仕事を頑張ってるの。いじめられていた過去から立ち直って、下らない男に惹かれていた過去も振り切って、前を向いて頑張ってるの。そんな私の目の前にのこのこ現れて謝罪したいってどういうこと？　過去の苦しい出来事を思い出せって言いたいの？　そんなの、ただの嫌がらせじゃない……！」

「い、いや、俺はそんなつもりで言ったわけじゃ――」

「どうせ私が活躍してることを噂《うわさ》で聞きつけてやってきただけでしょ？　気持ち悪いわ」

「か、活躍？　何の話だよ……俺は、君に謝りたいだけで――」

拒絶しないでほしい、せめて話を聞いてほしい。ヴィリーは彼女に縋《すが》るように手を伸ばす。

「――ルウナ、どうした？」

横から現れた長身の男が、彼女とヴィリーの間を遮《さえぎ》った。

顔立ちも身だしなみも綺麗に整っている。平均以上の外見。

ルウナは男の背中に隠れながら、呟いた。

「マネージャーさん。悪いけど、保安局《ほあんきょく》の人を呼んでくれない?」

「え? ああ、いいけど……こちらの方は?」

「私のストーカー」

違う。

ストーカーなんかじゃない。彼女に酷いことをしたことを、ただ謝りたいだけで、他には何も望んだりはしていない。

言葉の数々が一度に溢《あふ》れて喉《のど》のところで詰《つ》まる。

「ふむ……」

ヴィリーを品定めするように眺めたあとで、男は語りかける。「君、悪いがうちの女優《じょゆう》に手出しをするのはやめてくれないか。これ以上何もしないというのなら、今日のところは見逃そう」

その後ろでルウナは不服《ふふく》そうな顔を浮かべた。

「……私は保安局の人を呼んでって言ったんだけど」

「今日は大事な公演だ。できれば騒ぎは起こしたくはない。君の演技に影響が出ては困るからな」

「私は大丈夫よ。今日も朝からいっぱい練習したんだから」ぼろぼろの本を自慢《じまん》げに掲《かか》げながらルウナは話す。

表紙には昔から有名な劇の題名が書かれていた。

周りからの迫害《はくがい》に遭いながら、何度も泣きながら、ひたむきに努力して自身の夢を叶える少女の物語。

物語の結末で、少女は支えてくれた男性と恋に落ち、結婚する。

目の前の二人は、とても親しげに見えた。

「ともかく、こんなところで無駄《むだ》な時間は使うべきじゃない。先を急ごう、ルウナ」

彼女を守るように肩に触れながら、男はこちらに背を向け、歩き出す。

軽く頷《うなず》いたあとでルウナはこちらを振り返る。

「……二度と私の前に現れないで」

そして彼女は言った。

「私の人生に干渉《かんしょう》しないで」

最後に言った。

「それがあんたにできる唯一《ゆいいつ》の贖罪《しょくざい》よ」

耳を疑《うたが》うような言葉の数々だった。

図書館で仲良くしていた彼女は、ヴィリーにそんな言葉を投げかけたことなんてない。地味でも、優しくて、とてもいい子で、だから謝りたいと思っていたのだ。

こんなの彼女じゃない。

彼女らしくない。

「そ、そいつに何かされたのか……！」

気づけばヴィリーは足早《あしばや》に追いかけていた。

昔のことを思い出す。

仲間たちのために、平穏な日々を守るために、罰ゲームでルウナに告白した当時のこと。

思ってもいないことを口にした。

本心とは異なることもやっていた。

周りの仲間たちから気に入られるために、自分自身の考えを歪《ゆが》めて生きた――今のヴィリーには、わかる。

「そいつのせいで言いたくないことを言っているんだろ！　そうなんだろ？」

きっとルウナは操《あやつ》られているのだ。

彼女を助けなければならない――気づけばヴィリーはルウナの手を摑《つか》んでいた。

力強く、摑んでいた。

彼女を連れていかないと――。

「痛っ……！」

こちらに振り返る彼女の顔が痛みと恐怖に歪む。

「――お前！　うちの女優に何をしているんだ！」

二人の間を引き裂くように男が割って入る。

顔が熱くなった。殴《なぐ》られたらしい。

頭がぐらりと揺れた気がした。上下がわからなくなる。繫《つな》いだばかりの手が離れ、冷たく硬い感触が身体に触れる。

倒れていた。

「すみません！　保安局員を呼んでもらえますか！」

ルウナが叫《さけ》ぶ声がする。

きっと暴力を振るった男を摘発《てきはつ》するつもりなのだ。

「——あそこで倒れてる男、私のストーカーなんです！」

違う。

ストーカーじゃない。

ただ謝ろうとしただけなのに——。

ヴィリーは冷たい地面から顔を起こす。直後に「動くな」と上から抑えつけられる。男がまたもヴィリーの邪魔《じゃま》をしていた。

「せっかく見逃してやったのに……」

ため息をついていた。

「は、離せ！　離せえええ！　俺は、彼女に謝りたいだけで——」

こんなことをするためにここまで来たわけではない。話を聞いてほしい。ヴィリーは頭に浮かぶ言葉を次々と並べながら、顔を上げる。

「…………」

標本の蝶が飛んでいた。

自身がとうの昔に死んでいることにも気づかず、生前と変わらず、哀《あわ》れに今も飛んでいる。

やがて蝶はルウナの肩に留まる。

「あんたさ、別に私に対して申し訳ないなんて思ってないでしょ」

ため息混《ま》じりに、彼女は口を開く。

「謝りたいんじゃなくて、ただ自分自身が気持ちよくなりたいだけ」

そういう薄《うす》っぺらいところ、昔からずっと変わらないわね。

哀れなヴィリーを見下ろしながら、彼女は淡々《たんたん》と語っていた。

◆

昼間の路上に人だかりができていた。

その真ん中で保安局員たちに肩を掴《つか》まれ、立たされているのは、見覚えのある男だった。名前は確かヴィリー。先日祈物を売った相手だ。

「何かあったのですか？」

カレデュラは尋ねる。

近くにいた住民の一人が「いやあ、私もよく知らないんだけどね……」と言いながら教えてくれた。

男は近頃人気が出たばかりの若手女優のストーカーで、白昼堂々《はくちゅうどうどう》と彼女を連れ去ろうとしたらしい。当然ながら男は保安局員たちによって捕まり、そして今に至る。

恐らくはこれから牢屋《ろうや》にでも入れられるだろうとのことだった。

「あらあら……」

それはそれは大変ですねぇ、と相槌《あいづち》一つ。

それからカレデュラはお辞儀《じぎ》を一つしてから歩きはじめた。

たった今捕まった男に対する興味や関心は特になかった。だから他の顧客《こきゃく》を探すために、仕事に戻ることにした。

「……！　あ、あんた！　俺に祈物を売った古物屋だな！」

そんな彼女の姿を、ヴィリーは見逃さなかった。

振り返ると、男が必死の形相《ぎょうそう》でカレデュラを睨《にら》んでいた。

「は、話が違うじゃないか……！　こんなことになるなんて……あんたのせいだぞ！」

「まあ」

何と恩知《おんし》らずなことを言うのでしょう。

カレデュラは穏《おだ》やかな表情を浮かべたまま、たった今、過去の楽しかった思い出に囚われたつまらない男から犯罪者《はんざいしゃ》へと変わったヴィリーに語りかける。

話が違うだなんてとんでもない。

「お約束した通り、あなたの日々は変わったではありませんか」

とある学校にそれはそれは仲睦《なかむつ》まじい生徒たちがおりました。

男の子の名前はブルーノ。

髪《かみ》は白《しろ》く、肌《はだ》も白。体形《たいけい》は細身《ほそみ》で背《せ》が高く、実家《じっか》は大金持ち。いつも穏《おだ》やかな表情で笑っている彼は、男女問わず多くの生徒から愛されていました。

その隣《となり》にいるのはアニー。同じクラスの女子生徒。

髪は赤《あか》く、肌は褐色《かっしょく》。スポーツが得意《とくい》でいつも明るい彼女もまた、男女問わず多くの生徒から愛されていました。

人気者の彼女たちが仲良くなったのは半年ほど前のこと。趣味《しゅみ》が似通《にかよ》っていて、だから季節が少し過ぎた今、二人はとても仲が良く、いつでも一緒《いっしょ》。

登校するときも、休み時間も、それから帰り時間も。

そして学校帰りにクレープ屋さんに寄《よ》るときも、一緒。

いつでも変わらぬ関係がそこにはあります――。

「おいしいねぇ」

クリームたっぷりのクレープを頬張《ほおば》るアニー。

「………」ブルーノは彼女を横目で見ながら、くすりと笑みを浮かべました。「クリームついてるよ、アニー」

「へ？　どこ？」

「ここ」

白い指先でアニーの頬にするりと触《ふ》れるブルーノ。優しくなぞるような所作《しょさ》にアニーはぴくりと肩《かた》を震《ふる》わせました。

「ちょっ……もう！　自分で取れるっての！」

ブルーノの肩《かた》を叩《たた》くアニー。

いつものように仲睦まじくはしゃぐ二人の姿がそこにはありました。

しかし。

「………」

どういうわけか、いつもと違い、アニーの表情は赤く染《そ》まっておりました。「でも……その、ありがと」

ぽつりと呟《つぶや》きながら、ブルーノに触れられた頬をなぞるアニー。

そしてブルーノも同じく、耳まで赤くしながら彼女から顔を背《そむ》け、クレープを口に運びました。

「……うん」

まるで照《て》れ隠《かく》しをするように。

そして次に語りかける言葉をお互《たが》い探すように、二人の間に沈黙《ちんもく》が舞い降ります。

そこにあったのはいつもと違う二人の姿。

一体いつからでしょう。

同じ趣味を持った親友同士――そんな間柄《あいだがら》の二人は、いつしかお互いを異性《いせい》として意識するようになっていたのです。

「アニー」

「うん」

「その……く、クレープ、美味《おい》しいな」

「……うん」

肩と肩が触《ふ》れ合いそうなほどに近くで寄り添う二人組。

お互いまともに顔を見ることもできずに俯《うつむ》いて、けれど傍《そば》にある存在を強く意識して愛《いと》おしく思う。

大人になるまでの限られた時間の中で、輝《かがや》く日々。

人はそれを青春と呼びました。

「というわけでこの二人の恋路《こいじ》を妨《さまた》げてほしいの」

そして二人の仲の良さを一通り語ったあとでそのように依頼《いらい》してきたのはカトレア。同じ学校に通う女子生徒。

髪は金色《きんいろ》のショートヘア。気が強そうで、ボクの目の前に座る彼女は堂々《どうどう》と足を組みつつ手も組んでいた。

そしてそんな彼女にボクはうんうんと頷《うなず》きながら尋《たず》ねた。

「すみませんもう一回いいですか？」

「二人の恋路《こいじ》を引き裂《さ》いてほしいの」

うんうん。

聞き間違いかな？

「二人の仲を？」

「引き裂いてほしいの」

びりびりびり。

まさしく「こんな感じにお願いします」とでも言うようにカトレアちゃんはその辺に置いてあったメモ用紙を縦《たて》に引き裂いてみせた。

それは平日の午後。

大体いつも通りに「はー、今日も暇《ひま》だなぁ」と古物屋《こぶつや》リリエールにて日常を過ごしていた時のこと。

突然「頼《たの》もう！」などと道場破りでもするんじゃないかと思えるテンションで現れたカトレアちゃんは、事情《じじょう》を語りつつボクたちに依頼をひとつ投げかけた。

「この店は祈物《れいぶつ》を置いている店なのでしょう？　ということは今にも愛し合いそうな二人の仲を切り裂くことも可能でしょ？」

というわけで二人の恋路を妨げてほしいの。

カトレアちゃんはボクたちが依頼を受けることが当然であるかのように語った。

困《こま》っちゃいますね。隣に座るリリエールさんに目配《めくば》せを送るボク。

「……全然話が見えないわね」

彼女は難しそうな顔を浮かべて呟《つぶや》いた。

ボクもまったく同じ気持ち。ゆえに頷きながら、ボクは再びカトレアちゃんを見つめつつ、

「えっと……すみません、もう一回、お話ししてもらってもいいですか？」

などと恐る恐る尋ねる。

カトレアちゃんはわかりやすく舌打《したう》ちした。

「どこから？」

「できれば最初から……」

「クソがっ！」

「口悪《くちわる》……」

何はともあれこうして今日も古物屋リリエールに一風《いっぷう》変わったお客様が来店されたのです。

◇

「いやそもそも何で仲良くしてる二人の学生を引き裂かなきゃいけないのかっていう話なんですよ」

依頼を受けるかどうかはさておきボクは一番気になっていたことをまず最初にカトレアちゃんに投げかけました。

なにゆえ恋路の邪魔《じゃま》をしなければならないのです？

同調するようにリリエールさんも頷きつつ、

「うちは悪事《あくじ》に手を貸すような店じゃないのよ」

と言った。そうだそうだーと頷くボク。古物屋リリエールはまっとうな商売をしているお店ですよ！

「ふっ。ま、どうせそんな質問がくると思っていたわ」

そしてカトレアちゃんはやれやれと呆《あき》れた様子で肩をすくめたのちにバッグからスケッチブックを取り出した。

今日のために用意したのだろうか。表紙には『お馬鹿《ばか》でもわかる！　アニーとブルーノの仲を引き裂かなければならない理由！』と書かれていた。

…………。

「何でボクたちお馬鹿にされてるの？」

「最近の若い子って……」

呆れるボクたちをよそにカトレアちゃんはしたり顔を浮かべつつスケッチブックを開く。

「いいこと？　一度しか説明しないからよーく聞きなさい！」

パァン！　とスケッチブックの表紙を叩いたのちに彼女は一枚めくる。

「おおお……」

感嘆《かんたん》の声を漏《も》らすボク。

用意周到《よういしゅうとう》としか言いようがない。

そこに描かれていたのは、表紙に描かれていた言葉の通り、アニーちゃんとブルーノ君の関係を危惧《きぐ》しているカトレアちゃんの、今日に至るまでの物語だったのです。


仲睦まじいアニーちゃんとブルーノ君。

二人は以前から知り合いだったものの、半年前に急激《きゅうげき》に仲良くなり、今では親友同士。そのうえ互いに好意を抱いていることは誰の目にも明らか。

お付き合いをするのも時間の問題でしょう。

しかしカトレアちゃんにとってそれは耐《た》え難《がた》い未来だったのです。

時は遡《さかのぼ》ること、二人の仲が急接近した頃——半年前。

「う、ううう……」

路地裏《ろじうら》からひょっこりと顔を出し、大通りを睨《にら》むカトレアちゃんの姿がそこにはありました。

ぎゅっと握りしめたハンカチ。彼女は密《ひそ》かに、泣いていました。

視線の先には、ブルーノ君。

「——お待たせー！　ブルーノっ！」

そしてその後ろから元気よく現れるのは、アニーちゃん。

「ううう……どうして、アニー……！」

誰にも聞こえないように声を抑《おさ》えながら、彼女は密かに泣きました。

性格が少々きつく、それでいて怒りっぽいカトレアちゃんにとって、アニーちゃんは唯一《ゆいいつ》と言っていいほど仲の良い親友でした。

出会ったのはおおよそ五年前。

「――えっ！　カトレアちゃん、その本好きなの？　私もー！」

活発なスポーツ少女、アニーちゃんは、休み時間も一人で本を読んでいるカトレアちゃんにごく当たり前に話しかけていました。

「……！　あ、あなたも好きなの……？」

驚きと喜びが混ざり合った顔でカトレアちゃんは声を上げていた。

その当時のことはよく覚えている。クラスになかなか馴染《なじ》めなかったカトレアちゃんにとって、それが初めて同級生とまともに会話した思い出だったから。

「――ブルーノよりも私のほうが先に知り合ったのに……！」

それなのに今、目の前できゃっきゃうふふと戯《たわむ》れ合っているのはブルーノ君。カトレアちゃんは簡潔明瞭《かんけつめいりょう》に嫉妬《しっと》しました。

「ふざけないでよ……！　何で私がブルーノなんかに負けなきゃいけないの……？」

ブルーノ君は見た目も中身も清廉潔白《せいれんけっぱく》で非の打ちどころのない、いい男子生徒。学校内では彼を悪く言う者はどこにもいません。

ただし、カトレアちゃんを除《のぞ》いて。

「ブルーノみたいなカスのどこがいいのよ……！」

彼女はブルーノ君と、旧知《きゅうち》の仲《なか》。

所謂《いわゆる》、幼馴染《おさななじみ》の間柄だったのです。

だから学校の誰も知らない彼の本性を知っているのです。

「あはは！　アニーはかわいいなぁ」にこにことベンチでアニーちゃんに語りかけるブルーノ君。

しかしこれも、あくまで表の顔でしかありません。

ブルーノ君には、身内《みうち》にしか見せることのない裏《うら》の顔があるのです。

「……なんか、あんたの家のメイドさんって、妙《みょう》に顔の整った人ばっかりじゃない？」

ある日、ブルーノ君の家にお招《まね》きされたカトレアちゃんは、家の中で従事《じゅうじ》するメイドさんたちを眺《なが》めながら怪訝《けげん》な表情を浮かべました。

どなたも不思議《ふしぎ》なくらい若くて美人さんばかり。しかも微妙《びみょう》に露出度《ろしゅつど》が高い衣装を身に纏《まと》ってお り、お仕事をする人間からはおおよそ感じられない妙な色気《いろけ》に満ちていました。ひょっとしてお顔で採用《さいよう》してない？　とカトレアちゃんは尋ねました。

するとブルーノ君は当然のように頷きながら言うのです。

「ひょっとしなくても普通に顔で採用してるけど」

「うわ……」

「僕にとって女性は花だからね」

いつでも綺麗《きれい》な女性に囲まれていたい。

清々《すがすが》しいまでに欲望まみれのブルーノ君。呆れながらカトレアちゃんはため息をつきました。

「……あんたそんなねじ曲がった性格してたら、一生彼女できないわよ」

するとブルーノ君は「ふっ……」と学校の仲間たちの前でよく見せる爽《さわ》やかな表情を浮かべながら、語ります。

「別にいいさ。花は愛《め》でるくらいが丁度《ちょうど》いいからね……」

意味がわかりませんでした。

「マジきも……」

呟《つぶや》きながら彼女は祈りました。

どうか親友のアニーがこいつのことを好きになりませんように――と。

しかし祈りは届かなかったのです。

「ブルーノ……」

「アニー……」

今や二人は熱のこもった視線を交わすような間柄。

溢《あふ》れ出る好意は留《とど》まることを知らず、きっと石ころ一つ転がる程度の小さなきっかけで二人の仲は友達から恋人へと昇華《しょうか》してしまうことでしょう――。

「というわけで、私は二人の仲を引き裂きたいの」

独創的《どくそうてき》が過ぎる絵を描いたスケッチブックをぱたんと閉じるカトレアちゃん。長くもなければ短くもないお話を簡潔明瞭にまとめるならば、

「要するに親友がキモい男に捕まりそうだから引き離したいってこと？」

「そういうことになるわね」

なるほどぉ。

ボクは頷いた。

「理由めっちゃすかすかじゃん」

「普通すぎて空いた口が塞《ふさ》がらないわ」

ついでにリリエールさんも頷いていた。ボクらがまじめに耳を傾《かたむ》けていた時間を返してほしい。

「は？　わたし説明するためにスケッチブック一生懸命描いたんですけど！」

いやそれは知らないけど。

「まあでもそういうのってよくある話だしなぁ……。無理に仲を引き裂くのもよくないと思うよ？」

恨《うら》みを買うようなことはやめときなよぉ、というニュアンスを多分《たぶん》に含《ふく》みながらも宥《なだ》めるボク。

リリエールさんも頷いた。

「そもそも彼の本性を知ったら自然と離れていくんじゃないの？」

語る言葉はまともな意見。二人揃《そろ》って模範《もはん》的な大人代表。しかしそんなボクたちに対して、今時の若者は肩をすくめて返すのだった。

「残念だけどそう単純な話でもないのよね」

「どういうこと？」『説明しなさい」

「彼の本性を知ってもアニーが離れていく可能性は低そうなの」

「どういうこと？」『説明しなさい」

同じ言葉を繰り返しながらも若干《じゃっかん》前のめりになるボクたち。節操《せっそう》のない大人代表。

それから彼女が語る言葉はかくかくしかじか。曰《いわ》く二人の間で、少し前にこんな会話があったそうな。

「ねえアニー」

「なあに、カトレアちゃん」

「あんたさ、好きな男子に求められたら、どこまで応えられる？」

「え？　何でも大丈夫《だいじょうぶ》だけど」

「……例えば露出度の高い変な服を着てほしいとか言われても？」

「うん。ぜんぜん、何でもどんと来いって感じだけど」

「……………！　！」

出会って五年目の事実。

アニーちゃんはわりとなんでも受け入れるタイプの女子だったのです。

「というわけで私は二人を引き離したいってわけ」

ソファにふんぞり返るカトレアちゃんは、それから「お金なら幾《いく》らでもあげる。うちのパパ大金持ちなの」とテーブルにバッグを放り投げた。

女の子を救い出したいとか言ってる子の態度《たいど》じゃないんですけどこれ。

「何やら面白《おもしろ》そうな話をしていますね」

そして置かれたバッグを即座《そくざ》に横から回収する女性が一人おりました。髪は灰色《はいいろ》、瞳は瑠璃色《るりいろ》。

古物屋リリエールにいたりいなかったりするお手伝いさん。

はてさて一体誰でしょう。

「私です」

ここぞとばかりに得意げな顔を浮かべながらイレイナさんは言った。「何やらお金の匂《にお》いがしたので来ました」

清々《すがすが》しいまでに欲に正直なイレイナさんの姿がそこにはあった。

「そう。じゃあ三人で依頼を受けることとしましょうか」

手をぽん、と叩きながら話の流れを一つにまとめて締《し》めるリリエールさん。

「ところでどういう感じの依頼なんですか？　私途中《とちゅう》からきたので全然わかんないんですけど」

尋《たず》ねるイレイナさん。

…………。

なんか……ボクから説明するの……めんどくさいな……。

というわけでボクはカトレアちゃんを見つめて言った。

「……もう一回説明してもらってもいい？」

「クソがっ！」

「口悪《くちわる》……」

何はともあれ、こうしてボクたちはダメな男子に騙《だま》されかけている女の子を救うべく、重い腰を上げることと相《あい》なったのでした。

◇

「あはは」笑うブルーノ君。

「えへへ」その隣《となり》で笑うアニーちゃん。

ボクは下校中の二人の背中を双眼鏡《そうがんきょう》で覗《のぞ》き込んでいた。傍目《はため》に見ればあからさまに怪《あや》しい人物。

けれど言い訳させてほしい。ちゃんと事情あってのことなのです。

依頼を受けると決めた直後のこと。

カトレアちゃんはブルーノ君とアニーちゃんについて、より詳細に情報を教えてくれた。

テーブルに地図を広げながら、カトレアちゃんは語る。

「――ブルーノの家はここ。朝八時にいつも家を出て、学校に向かう。アニーの家はすぐ近くだから、いつも二人で登校する。学校に着くのはいつも決まって八時三十分。それから教室に着いたあとは始業《しぎょう》まで友人とおしゃべり。そのあとは――」

まるで長年の研究成果を発表するかのように詳細な情報を開示するカトレアちゃん。さすがは幼《おさな》馴染《なじみ》の情報網。もはやボクたちの頭の中ではブルーノ君がどのような日常を過ごしているのかが手に取るようにわかっていた。

そして話が一通り済んだところでボクはカトレアちゃんに笑いかけた。

「なんか詳《くわ》し過ぎてストーカーみたいだね」「やめなさいマクミリア」

まあ、でも彼女のおかげでブルーノ君の行動をすべて手中に収めることができたのでよしとしましょう。

双眼鏡を見つめるボク。

その向こうで穏やかな顔を浮かべているブルーノ君。

現在は学校からの帰宅途中。近頃はこのままクレープ屋さんにアニーちゃんを連れ込んで青春っぽいことをするのがルーティン化しているらしい。

「リリエールさん、二人が位置につきました！」

ボクはティーカップをお口につけながら声を張る。

古物屋リリエールに置いてあった祈物の一つ。同じくティーカップを持っている相手まで声を届けることができる便利《べんり》な代物《しろもの》。

『了解《りょうかい》』

耳に当ててみれば囁《ささや》くリリエールさんの声がした。

双眼鏡の向こう側――ブルーノ君とアニーちゃんの背後にぬるりとリリエールさんが現れたのはその直後のことだった。

「――――」

言葉もなく、かといって不審《ふしん》な動きを見せることもなく、それからリリエールさんは二人の背後から何事もなかったかのように歩き出す。

あまりにも鮮《あざ》やかで、流れるような挙動《きょどう》。二人に気づかれることなく、リリエールさんは「ふっ――」としたり顔を浮かべながらボクのもとに戻ってきた。

「何したんです？」

「針《はり》と糸《いと》」

「？」

質問の答えになってませんけどー？　などと首をかしげるボクをよそに、リリエールさんは「まあ見てなさい」と言いながら彼女たち二人に目を向ける。

覗き込んだ双眼鏡の向こうで異変が起こったのはその直後のことだった。

「はい、あーん」とクレープをブルーノ君のお口に寄せるアニーちゃん。

「あ、あーん」

照《て》れた様子でお口を開けるブルーノ君。

おお何とありきたりな微笑《ほほえ》ましいカップルのやり取り。ボクはそんな二人を見守るような気持ちで眺める。そんな最中のこと。

アニーちゃんの手にあるクレープはなぜかブルーノ君のお顔に突《つ》っ込《こ》まれていた。

「…………」

「………」

ほんの一瞬《いっしゅん》の無言《むごん》。

「あ、ご、ごめんね、ブルーノ！」慌《あわ》ててハンカチを取り出すアニーちゃん。

「あ、あはははは！　いいよ全然。お茶目《ちゃめ》だなぁアニーは」そしてクリームまみれの笑顔を浮かべるブルーノ君。

「ううう……私何してるんだろ……」

一体何が起こったのか理解できない様子で、顔についたクリームを拭《ぬぐ》いとるためにアニーちゃんは手を伸ばす。

「あの……アニー？」

そしてアニーちゃんは、拭《ふ》いた。

「どこ拭いてんの？」

ブルーノ君の、太ももを。

「——はわあああっ！」

アニーちゃんは顔を真《ま》っ赤《か》にしながら「ち、違うの！　これは、これは、えっと……」とあたふた。その合間も彼女の手は丁寧《ていねい》にブルーノ君の太ももを拭っていた。

「な、何でぇ……？　私、そんなつもりでハンカチを出したわけじゃないのにぃ……」

「あははは……」

裏では使用人に変なことをさせていても、表向きには爽やかな男子。笑いながらも若干の戸惑《とまど》いを見せるブルーノ君の姿がそこにはあった。

突然挙動がおかしくなったアニーちゃん。

一体どんな祈物を使ったんです？

ボクはリリエールさんに視線をむける。

彼女がボクの疑問に答えてくれたのは、それからお店に戻ったあと。

今日の作戦が終わり、依頼人であるカトレアちゃんに結果を報告している最中でのことだった。

「――針と糸」

彼女は呟《つぶや》きながら、本日使った祈物をテーブルに置いた。

言葉の通り、針と糸。

針はブルーノ君、そして糸はアニーちゃんにそれぞれくっつけたらしい。

「狙《ねら》いを定めているのに、糸を通そうとしてもうまくいかなかった経験はない？　私が用意した祈物は概《おおむ》ねそのような効果を持っているの」

糸を持った者が針を持った者に対して行うことはすべて狙い通りにいかず、ちぐはぐな結果になる。

例えばクレープを食べさせてあげようとすれば顔に当たるし、顔を拭こうとすれば今度は太ももを拭いてしまう。

スキンシップを図ろうとすればするほど真逆《まぎゃく》の結果を生む――それがリリエールさんの用意した祈物の効果だったのです。

「なるほどね――で、結果はどうだったの？」

依頼人たるカトレアちゃんは説明を一通り聞いた上で、ボクたちに首をかしげる。

うまくいったの？　と。

愚問《ぐもん》ですね！

「ええ――」

リリエールさんはしたり顔を浮かべたのちに紅茶《こうちゃ》に手をつける。

そして一服《いっぷく》したのちに、答えた。

「普通に失敗したわ」

「クソがっ！」

パァン！　とテーブルに拳《こぶし》を叩きつけるカトレアちゃんだった。

こわ……。

「なんか今の説明だと上手《うま》くいってた感じの流れじゃないの！　何で失敗したわけ？　ていうか今の説明は成功した感じの流れだったじゃん！」

「同じこと二回言ってるわよ」

「うっさい！」

「文句《もんく》を言われてもうまくいかなかったものはいかなかったんだから仕方ないじゃない」

ふーん、とよそを向くリリエールさん。

「というかアニーを傷《きず》つけるようなことしないで！　あなたのせいで変なトラウマができたらどうしてくれるのよ！」

「大丈夫。彼女の名誉《めいよ》に傷がつくようなことにはならなかったわ」

「公衆《こうしゅう》の面前《めんぜん》で男の太もも撫で回した時点で既に結構傷ついてると思うんですけど！」

「大丈夫。通行人には仲の良いカップルとしか思われなかったはずよ」

「そんなふうに思われるのが嫌だからあなたたちに依頼したんですけど！」もー！と怒《おこ》るカトレアちゃん。「とにかく、アニーには何もしないで！　私の大事な子なんだから！」

「ブルーノの方はいいのね」

「それは大丈夫。ブルーノと名がつく男は一人残らずろくな人間じゃないって辞書《じしょ》にも書いてあるから」

「あなたの辞書どこかおかしいわよそれ」

「でもどうして今回は上手《うま》くいかなかったの？　少なくとも私だったらブルーノの太ももを撫で回したその日のうちに指先から腐《くさ》り落ちると思うんだけど」

「あなたの体どこかおかしいわよそれ」

呆《あき》れてため息つくリリエールさん。それから彼女は「説明してあげて、マクミリア」とボクを見やる。

双眼鏡で観察していたボクが説明役を請《う》け負《お》ったほうがいいと判断したのかもしれない。

ここは端的明瞭《たんてきめいりょう》に説明しよう。

「なんか普通に盛り上がっちゃったんですよねぇ」

「クソがっ！」

パァン！

カトレアちゃんはむむむと頬を膨《ふく》らませながら、「余計《よけい》なことしないで頂戴《ちょうだい》！」と至極《しごく》まっとうなことを言いながら怒った。

「だ、大丈夫！　今回はたまたまうまくいかなかっただけで、次は必ず成功させるので！」

リリエールさんの作戦が失敗した際の保険《ほけん》は既《すで》にかけてある。

「どうやら私の出番のようですね」

ボクたちがわーわーと騒《さわ》いでいる間にひょっこりと現れるのは、イレイナさん。

彼女こそ作戦失敗時の保険。リリエールさんが失敗したら彼女に担当してもらう手筈《てはず》になっていたのだ。それはさておき何でいつも遅れてやってくるんですか？

「ここは私に任せてください。リリエールさんよりも数倍スマートな方法でお二人の仲を引き裂いてあげますよ」

などと語る表情はまさしくリリエールさんよりも数倍ほどのしたり顔。はてさて一体どこからそんな自信がやってくるのでしょう。

「本当にぃ……？」

よってカトレアちゃんはじとりと目を細めたわけだけれども、彼女の反応などイレイナさんは一切興味がないらしく、

「ま、見ててください。次は私が大人のやり方ってモノを見せてあげますよ」

と髪を靡《なび》かせてみせた。

「私も一応大人なんだけど」

横から不服を申し立てるリリエールさん。

「ではまた明日会いましょう」

無視《むし》された。


そして翌日《よくじつ》。

「あはは」笑うブルーノ君。

「えへへ」その隣で笑うアニーちゃん。

まるで昨日《きのう》の出来事をそのまま切り取って貼《は》り付《つ》けたように笑い合う二人は、やはりそのままクレープ屋まで足を運ぶ。この子たちいっつも同じもん食べてるなぁと思いながら眺めるボク。

「…………」

そして二人のもとに歩み寄るのがイレイナさん。ごく自然な様子で、彼女はまるでその場に偶然《ぐうぜん》通りかかった通行人のように二人の近くを素通《すどお》りした。

一般的な通行人と違う点があるとするならば彼女が手にグラスを持っていることくらい。

何でグラスなんて持ってるんだろうなぁと思った直後に、ボクはそれが祈物であることに気がついた。「えいや」などという間の抜けた掛け声とともに彼女はブルーノ君に水を浴びせていた。

「うわあああっ！」突然の出来事に絶叫《ぜっきょう》するブルーノ君。

…………。

何してんの？

「わーっ。ごめんなさいー。大丈夫ですか？　うっかり手が滑っちゃいました」

演技下手《えんぎへた》くそなの？

イレイナさんは全然感情が乗っていないセリフを並べながらブルーノ君を見つめる。これが彼女の言うところの大人のやり方というモノらしい。

……どこが？

と目を細めるボク。

「なるほど……なかなかよい手を使ったわね」

そして隣で訳知り顔を浮かべながら頷いているのがリリエールさん。

「何か知ってるんですか」

「あれはうちの店にある祈物。本性《ほんしょう》を引き出す水ね」

「本性を引き出す水」

って何ですか。

「名前の通り、他人《ひと》が胸に秘《ひ》めた本性を引き出すことができる水よ。飲ませれば白白剤《じはくざい》として使うことができて、そして頭から被《かぶ》せれば別の用途《ようと》として利用できる」

「別の用途」

って何ですか。

「見てればわかるわ」

疑問ばかりのボクを促《うなが》すように彼女は指を差す。その先にいるのは三人。あわあわしながら濡れた彼を拭いているアニーちゃん。そして何食わぬ顔で「すみませんー」と平謝《ひらあやま》りしてるイレイナさん。

「はあ……はあ……君、可愛《かわい》いね……歳いくつ？」

そして興奮した様子でイレイナさんを見上げるブルーノ君の姿が、そこにはあった。

……………。

「何ですかあれ」すかさず尋ねるボク。

「本性引き出す水を頭から被ると、思ったことをすぐ口に出したり行動に移したりするようになるのよ」

「そうなんですか」

ちらりと視線をむけるボク。

「君めっちゃタイツ似合いそうだね。うちの使用人としてメイド服着てタイツはく気ない？」

「触らないでくださいぶっ殺しますよ」

イレイナさんに手を伸ばして思いっきり叩き落とされてるブルーノ君の姿がそこにはあり。

「…………」

そして隣で死人のような顔をしているアニーちゃんの姿がそこにはある。端的明瞭に言うとめちゃくちゃ引いていた。

「これならブルーノが振られるのも時間の問題ね」

「そうですねえ……」

曖昧《あいまい》に頷きながらボクは三人に視線を向けた。

「うおおおおおっ！　タイツをはけえええええええっ！」

飛びかかる変質者《へんしつしゃ》ことブルーノ君。

「きゃーやめてくださーい。こわーい」

周りに聞こえる程度に声を上げながら逃げ出すイレイナさん。

「………」

そして相変わらずアニーちゃんは死んだ顔でそんな様子を眺め。

「まあ……何かしらアレ」『やだ……近くの学校の子じゃない』『怖《こわ》いわぁ……』

そして街の人々がひそひそと彼らを指差しながら囁《ささや》き合った。まるで犯罪現場に出くわしたかのようなテンションだった。

「これ今後の学生生活に支障《ししょう》をきたしそうなんですけど大丈夫ですか」

「それはしらない」

都合の悪いことからは目を逸《そ》らすリリエールさん。きたない大人代表。

結局それからイレイナさんはひとしきり街を逃げ回った。

「——とまあ、大体こんな流れですかね」

古物屋リリエールへと戻り、カトレアちゃんへと説明をする彼女はどことなく誇《ほこ》らしげな様子を浮かべていた。私の活躍で今回の依頼は完了しちゃいましたみたいな面《つら》をしていたとも言える。

「なんかちょっとやりすぎな気もするけど……まあいいわ」

呆れたようにため息ひとつ。

それからカトレアちゃんは尋ねる。

「で、成果の方はどうだったのよ」

やりすぎなくらいの作戦だったとしても、期待通りの成果が得られたのであればよし、という判断基準なのでしょう。

だからイレイナさんはにこりと笑って言った。

「普通に失敗しました」

「クソがっ！」

パァン！

連日怒りをぶつけられるテーブルさん。

「やりすぎな作戦で失敗してんじゃないわよ！　ただ目立っただけじゃないのよ！　ただ目立っただけじゃないの！」

「同じこと二回言ってますよ」

「うっさいうっさい！」

わかりやすいくらいにブチギレ中のカトレアちゃん。勢い余ってこのままテーブルをひっくり返しそうな雰囲気《ふんいき》たっぷり纏《まと》いながら、彼女は連日敗北を喫《きっ》したボクたちを睨む。

「何で？」

それからダメな部下《ぶか》を叱《しか》る上司《じょうし》みたいな口調になりながら、ボクらの依頼人ことカトレアちゃんは尋ねる。

「今日は何で失敗したの？　原因《げんいん》がよくわからないんだけど？」

昨日同じようなシチュエーションで説明役を請《う》け負《お》ったせいだろうか。なぜか彼女の視線はボクの方を向いていた。

「詳しい説明は彼女がしてくれるそうです」そしてなぜかイレイナさんがボクの肩を叩いていた。

きたない大人がここにもいましたか……。

「あー……、えっとですねぇ――」

もー、やな役割だなぁと思いながらもボクは本日も再び、その後の出来事を簡潔明瞭に説明した。

街中を逃げるイレイナさん。そして追いかけるブルーノ君。

曰く、本性を引き出す水は、ある程度乾《かわ》いてくると効果が消えてなくなるらしい。ブルーノ君が真《ま》っ当《とう》な男子に戻ったのは、大体十五分ほど経《た》った後のことだった。

「う……俺は、俺は何てことを……！」

ちなみに水が消えても記憶は消えないそうな。

十五分もの間、街中で「タイツううう！」と叫《さけ》びながらイレイナさんを追いかけた記憶はしっかり彼の脳裏《のうり》に焼き付いていたらしい。

「…………」

そして多分彼女の脳裏にも、そんな彼の姿は焼き付いたままだったことでしょう。無言《むごん》で立《た》ち尽《つ》くすアニーちゃん。

「……あ、アニー」

彼は慌《あわ》てて彼女の元に駆け寄った。すがりつくように、彼女の手をとり言葉を並べる。「ち、違う！　誤解なんだ！　俺、別にタイツとメイド服が好きなわけじゃないから！　着てれば誰でもいいってわけじゃないから！」

弁解《べんかい》する様子はまるで浮気《うわき》がバレた彼氏のよう。

そんな彼に、アニーちゃんは笑いかける。

「ううん、大丈夫だよ、ブルーノ」

そして彼女は言った。

「私、あんたがそういう趣味《しゅみ》持ってるって、前にカトレアちゃんから聞いたことあるし」

「……！」

「だから私、べつに気にしてないよ」

私たちの仲でしょ――？

そんな言葉を囁く彼女の顔は、すべての罪に赦《ゆる》しを与える聖母《せいぼ》のようにも見えた。手を広げる包容力《ほうようりょく》の塊《かたまり》。

「アニー……」

ブルーノ君は目を見開き、そして震《ふる》える声で、呟いていた。

「ちなみに使用人たちに毎日下着《したぎ》の色を聞いて回ってキモがられてるのも知ってる」

「アニー……」

「あと学校では顔と性格のいいイケメンみたいなキャラで売ってる割に、女子とすれ違う時だけ強めの深呼吸してるのも知ってる」

「アニー……」

「それと授業中に真面目《まじめ》な顔しながら斜《なな》め前の席の女子のうなじを凝視《ぎょうし》してるのも知ってる」

「アニー……」

いや怪《あや》しい行動とりすぎでは……？

時代と顔が違えば牢屋《ろうや》に送られかねない言動《げんどう》のブルーノ君にボクは言わずもがなとても引いた。

ともあれ。

「――まあ大体こんな感じでアニーちゃんは全部許しちゃったわけです」

「クソがっ！」

パァン！　とテーブルを叩くカトレアちゃん。

「案外《あんがい》お二人ってお似合いなのでは……？」現場を間近で見ていたイレイナさんはぼそりと呟く。

「お似合いなんかじゃないもん！　お似合いなんかじゃないもん！」

「また同じこと二回言ってますけど」

「うるさいうるさいっ！　とにかくあらゆる手を尽くして二人を引き離して頂戴！」

もー！　と癇癪《かんしゃく》を起こすさまはまるで子供のよう。まあまだ十代だしそこそこ年相応《としそうおう》な言動とも言えるのかもしれないけれど。

「でも、ここまで来たら普通にお付き合いさせてあげたほうが二人も幸せなんじゃない？」

アニーちゃんは想像以上にブルーノ君を受け入れちゃうし。ブルーノ君もそれなりに楽しそうではあるし。

だから軽い口調でボクはそんなふうに提案したのだけれども。

「それは絶対にダメ！　ダメだわ！」

けれどカトレアちゃんは首を振《ふ》る。

「二人が付き合うなんて……！　そんなの、絶対ダメ……！」

なぜだか悲しそうに、彼女は言った。

ちょっと変な趣味を持ってる幼馴染と親友が付き合うことに拒否反応《きょひはんのう》を示している――というよりも、もっと別の何かを拒絶しているようにも見えた。

「……カトレアちゃん？」

ほんの少し奇妙《きみょう》な様子を見せる彼女に、ボクは首をかしげていた。

「……！　べ、べつに何でもないわ！」

けれど彼女は顔を背《そむ》ける。「……ともかく！　次こそ成功して頂戴！　よろしく頼んだわよ！」

ほんの少しの合間に見せた表情はすぐにいつもの不機嫌《ふきげん》そうな顔にころりと変わってしまった。

ボクは人知れず小首をかしげ、彼女を眺める。

少しの違和感。

二人のお付き合いを止める理由って、本当にただアニーちゃんを守りたいだけなの？

「……ふむ？」

ボクの脳裏に、ほんの少しの疑念《ぎねん》が浮かび上がっていた。

というわけで翌日《よくじつ》。

「あはは」笑うブルーノ君。

「えへへ」その隣で笑うアニーちゃん。

二人はいつものベンチに腰《こし》を下ろし、穏やかな笑みを浮かべていた。

「いいね！　二人とも、めっちゃいい表情だよー！」

そしてそんな二人に対して明るく声を投げかけながらカメラを構えるのがボクという者だった。

リリエールさんの作戦も、イレイナさんの作戦も失敗に終わった今、ごく自然な流れで二人の後任を引き継ぐこととなった。

わかりやすく言うならば今日はボクが二人の仲を引き裂く役割を担っている。

「はい、それじゃあ二人とも、カメラを見て、笑って！」

今のボクは通りすがりのカメラマン。

寄り添うように並んでいる楽しそうな二人を偶然見かけて「わあ！　すっごい素敵《すてき》な二人組！写真撮りたいなぁ。撮らせてほしいなぁ。撮っちゃダメ？　ねえねえお願い！」と声をかけたのち、二人を被写体としてカメラを構えているのです。

カメラはもちろん祈物。特別な力を持っている。

「あはは……何だか恥《は》ずかしいな、アニー」

「えへへ……そうだね」

恥ずかしさと嬉《うれ》しさが半々みたいな感じの表情がカメラの向こうにはある。

どこからどう見ても初々《ういうい》しいカップルといったご様子。

ボクはそんな二人を真《ま》っ直《す》ぐ見つめながら、シャッターに手をかける。

そして一枚。

かしゃっ――と、撮った。

一見すると何の変哲《へんてつ》もないただの撮影の一幕《ひとまく》。しかしこの一連の出来事こそが、二人の仲を引き裂くための最適解《さいてきかい》なのです。

「……うん！」

そしてボクは出来上がった写真を古物屋リリエールに持ち帰ったのち。

彼女に満面《まんめん》の笑みで結果報告した。

「全然ダメだった！」

「クソがっ！」

パァン！

テーブル殴《なぐ》るカトレアちゃん。

「今まで一番微妙《びみょう》だったじゃない！　一番微妙だったじゃない！」

「わあ同じこと二回言ってる」

「うるさいうるさい！」

まったくもう！　と火がついたように怒るカトレアちゃん。ボクは「まあまあ……」と宥めながら、鎮火《ちんか》させるためにお水を一杯差し出した。

「結局仲良しな写真撮ってきただけじゃないの！」

「よく撮れてるでしょ？」

「そういう話はしてないから！」

もー！　と声を荒《あら》らげるカトレアちゃん。叫びすぎて喉《のど》が渇《かわ》いたのか、彼女はティーカップに注がれた水を一気に飲み干してから、改めてボクを見る。

「で、今回はどんなふうにダメだったの？　一応話をきかせてもらえる？」

今後はもう仕事なんて頼まないけど！　彼女は怒りながら言葉を付け足す。

連日、まったく成果があげられなかったボクたちに対して、彼女はついに愛想《あいそ》をつかせてしまったらしい。

悪いことをしたなぁと内心で思いながら、ボクは「ごめんねぇ」と頭を下げた。

仕事ができなかったことを謝りたいわけじゃない。

「事情をこっちから話す前に、きみのこと、聞かせてもらえる？」

「……は？」

怪訝《けげん》な顔。苛立《いらだ》った様子。そのまま固まるカトレアちゃん。

ボクは構わず言った。

「君、ボクたちに色々と黙《だま》ってることがあるでしょ」

単刀直入《たんとうちょくにゅう》に言った。

前置きや誤魔化《ごまか》しをする必要は一切ない。ボクは彼女を真《ま》っ直《す》ぐ見つめ、数日前に彼女がボクたちの前に現れた日のことを、思い出す。

依頼内容を、思い出す。

「——アニーちゃんのことを大事に思ってるから、ちょっと変な男子のブルーノ君と引き離したい。たしか君はそんなことを依頼してくれてたはずだけど、合ってる？」

「はあ？　今更何を言ってるの？　そうに決まって——」

「でもさ」

ボクは彼女の言葉を遮《さえぎ》り、語る。「本当にそれだけが理由なの？」

「……！」

彼女の表情に、僅《わず》かな動揺《どうよう》が浮かぶ。

揺《ゆ》らいだ視線に畳《たた》み掛けるように、ボクは語る。

「本当はもっと他に理由があるんじゃないの？」

尋ねながら、思い出すのは今日の出来事。

アニーちゃんとブルーノ君の二人を写真に収めた直後のことだった。

「——はい、できたよ！」

ボクは二人に写真を手渡した。

今日使ったカメラは、その場ですぐに写真を焼くことができる——そんな効果を持った祈物。ただそれだけ。

ボクがこの祈物を手に取り二人のもとに赴《おもむ》いた理由は、ただ単に二人とお話がしたかったから。

「おお……！　すげえ！　めちゃくちゃよく撮れてるじゃないですか！」

間近で見るブルーノ君は使用人さんに特異《とくい》な趣味を押し付けている男子とは思えないほど爽やかでいい子だった。

「いいね！」

隣で笑うアニーちゃんも活発《かっぱつ》そうな見た目の通り、笑顔が素敵な、いい子だった。

やっぱりどこからどう見ても、仲睦まじいカップル。

直接言葉を交わしてみるまで、ボクは二人をそんなふうに見ていた。

「ありがとうございます！　写真、撮ってもらえて凄《すご》く嬉《うれ》しいです」

遠巻きに眺めていただけでは気づけないことがひとつあった。

ブルーノ君は、柔《やわ》らかく微笑みながら、ボクにひとつお辞儀《じぎ》する。

その上で言った。

「これ、この国を離れても大事にとっておきますね」

などと。

「……へ？」

予想外の言葉にボクはそのとき、きょとんとしながら首をかしげていた。

国を離れる？　どういうこと？

「え、引っ越すの？」

そんな話まったく聞いてなかったんだけど――と頭の中で戸惑いながら、ボクは尋ねる。

「そうなんですよ」

頷いてくれたのはアニーちゃん。

彼女はブルーノ君の隣で、優《やさ》しそうな顔のまま、それでいて寂《さび》しそうに、言った。

「彼、もうすぐこの国の外に引っ越すんです――」

◇

祈りのクルルネルヴィアは小さな島国。

外界との関わりが極《きわ》めて乏《とぼ》しいこの国の外に出る方法は、年に一度――春頃に出ている定期船しかない。つまるところ一度うっかり入国すれば一年間は外に戻れないし、その逆も然《しか》り。

ブルーノ君はその船に乗って、国の外に引っ越してしまうらしい。

「だいたい一年くらい前から決まってたんですけどね、うちの親の仕事の都合《つごう》で、どうしても家族で島の外に行かなきゃいけないんです。だからこの島での生活もあと残り数ヶ月ってところですね」

明るい口調の彼は既《すで》に現実を割り切っているように見えた。

今は冬。

定期船が出る春までは三ヶ月程度といったところ。

「ちょっと寂しいですけど、でも楽しみなこともありますよ。島の外にはたくさん楽しいものがあるらしいじゃないですか」

食べ物も、街並みも、人との出会いも、きっと小さな島よりも広く、多様《たよう》で、色彩《しきさい》に満ちている。

寂しいことを乗り越えた先には、きっと楽しいことが待っている。前向きで希望に満ちた様子で彼は語ってくれた。

「えっと……」そして目の前のボクはといえばまるでいきなり別れを告げられたお友達みたいな気分になっていた。

お引っ越ししちゃうんですか……?

「そのことは、みんなは知ってるの?」

「そりゃあもちろん、知ってますよ。いま家で働いてくれてる使用人も、友達も全員」

「……幼馴染の子も、知ってる?」

「幼馴染?」不思議そうな様子でブルーノ君はボクを見る。「もしかしてお姉さん、カトレアの知り合いですか?」

「ああ、うん。そんなとこかな」

「ま、知ってますよ。というか周りの友達の中では一番最初に教えましたし。大体半年くらい前だったと思いますけど」

「そうなんだ」

ボクたちはそんなこと聞かされてないけど。

何で黙ってたんだろう？　頭の中で疑問を浮かべるボクに、ブルーノ君は少しだけ気まずそうな顔をした。

「むむ？」

「……でも、引っ越すことを伝えてから、あいつと会わなくなっちゃいましたね」

会わなくなったってどういうことです？　次から次へと疑問を投げかけるボクはまるでゴシップ記者のよう。けれどブルーノ君は嫌がるような素振《そぶ》りも見せず、答えてくれた。

「あいつ、話をしてる最中に急に泣き出して、そのままどっか行っちゃったんすよ」

そしてカトレアちゃんはそれっきり、彼がいくら話しかけてもろくに答えることはなくなり。

次第に二人の間に、溝《みぞ》ができていったのだとか。

きっとそれは、彼女がボクたちに事実を黙っていた理由に他ならない。

目の前のソファに座るカトレアちゃんに、ボクは言った。

「カトレアちゃんってさ、ひょっとして――ブルーノ君のこと、好きなんじゃない？」

親友のアニーちゃんがろくでもない男もといブルーノ君と付き合いそうだから止めてほしい、みたいな依頼だったけれども。

その割に、カトレアちゃんから感じるのは二人が付き合うことへの危機感ばかり。ブルーノ君に対する嫌悪感というよりは、二人がずっと一緒にいることを嫌がっているように見えた。

そもそもブルーノ君が残り数ヶ月で国から出ていくのであれば、言い方は悪いけれど放っておいても二人は離れ離れになるわけだし、無理に引き離す必要なんてまったくない。

そのうえ、ブルーノ君が彼女に引っ越すことを告げたのが大体半年前——アニーちゃんと仲良くなったタイミングと合致《がっち》している。

ともするとこんな展開も想像できるわけです。

突然引っ越すことを告げるブルーノ君。

一緒にいられる時間が残り少ないことを突然知りショックを受けるカトレアちゃんは、事実を受け止めきれずに怒ってそのまま立ち去ってしまう。

幼馴染だった二人の間にはやがて溝ができる。

そしてアニーちゃんは、カトレアちゃんが開けた穴《あな》を埋《う》めるように、彼に寄り添うようになる。

——もっとも、これは単なるボクの憶測《おくそく》だけれども。

「大体こんな感じの出来事が起きたんじゃないの？」

その後の流れは彼女がボクたちに語った通り。二人は急激《きゅうげき》に仲良くなり、今ではとっとと付き合っちゃえよと思われる程度の仲。

この状況はこんな風に言い換えることもできる。

「君さ、残り少ないブルーノ君との時間を親友にとられて嫉妬しちゃってるんじゃないの？」

単刀直入に伝えるボク。

彼女は目を丸くしていた。

「は……はあ？　何言ってんの？　マジ何言ってんの？」

「わあ同じこと二回言ってる」

「う、うるさいっ！」

「で実際のところどうなの？」

はいお答えくださいっ！　ずいずい彼女に迫るボク。

「どう、ですって？　何言ってるのよ。あんな男のことなんて――」

彼女はそして、こちらを睨みながら、吐き捨てる。

「――好きに決まってるじゃないっ！」

などと。

ふむむ。

「好きなんだねぇ」

青春ですねぇ……。

期待通りの答えを引き出し満足するボク。

「！　一体どうなってるの……？　私、今、何で……？」一方でカトレアちゃんは動揺《どうよう》していた。

自身の口からこぼれた言葉が信じられないらしい。

きっと今、彼女は自身の本心を隠そうとしたのだろうけど。

「嘘《うそ》はダメだよ」

さっき渡したティーカップを指差しながらボクは言った。

中には透明《とうめい》な、水。

「本性を引き出す水を入れといたんだ」

ボクは水をたっぷり入れたポットを置きながら語る。

ここ数日、ブルーノ君たちを引き裂くために利用していた祈物の一つ。

名前の通り、他人が胸に秘めた本性を引き出すことができる。ブルーノ君に使用したように、頭からかぶせれば思ったことを口にしたり行動したりするようになり、そして飲ませることができれば、

「いまから君はどんな質問に対しても事実しか答えられなくなる」

自白剤としての効果を存分に発揮する。

「あ、あなた……！　やりやがったわね……！」

「こうでもしないと素直に話してくれないでしょ」

「よ、余計なお世話よ！　私が誰に対してどう思ってるのかなんて関係ないでしょ！」

「まあ関係ないといえばないけど」

とはいえ本当の望みが別のところにあるのならば、ブルーノ君とアニーちゃんの二人を無理に引き離す必要だってないんじゃないかとボクは思うのです。「実際きみってブルーノ君のこと好きなんでしょ？」

「はあ？　好きだけど？　愛してるけど！」

「なのに何でカスとか言っちゃうのさ」

「彼の本当の魅力《みりょく》を知ってる人間は私だけで十分なの！」

「あ、そ、そうなんだ……」

「私だったら彼の要望にぜんぶ応えてあげられるのに……！」

「そうなんだ……」

「……っ！　しまった……！　言いすぎたわ……！」慌ててお口を両手で塞《ふさ》ぐ彼女。

「なんか新手《あらて》のツンデレみたいですね……」ぼそりとイレイナさんが横からつぶやいた。

いやまったくその通りで。

「そんなに好きなら気持ちを伝えたら？」とボク。

残り数ヶ月しか一緒にいられないのだし。二人を引き離すなんて回りくどいことしてる暇なんてないんじゃない？

とボクは彼女を諭《さと》す。

「……っ」

余計なことを口走らないために、彼女は両手で自らの口を覆い続けた。

きっと、胸の内に秘めた思いがこぼれてしまうことが、彼女にとっては怖いことなのでしょう。

だから嘘をつき、ごまかして、幼馴染への思いを明かすことなく、今に至《いた》ったのでしょう。

だからボクは、彼女を見つめながら、語りかける。

「自分の想いを伝えることができずに終わってしまってもいいの？」

だからボクは、彼女を説《と》き伏《ふ》せるように、語りかける。

「これから先、本当の気持ちに蓋《ふた》をしたまま生きることになってもいいの？」

「……っ」

目の前に座る彼女は、苦しそうに唇を嚙《か》み締《し》めたままボクを睨みつける。

口を抑《おさ》えていた両手が、解《ほど》けるように離れる。

「わかってるわよ、そんなこと……」

呟くように彼女の口からこぼれるのは、紛《まぎ》れもない本心。「でも無理なの……！　私には、彼に告白することなんてできないの……！」

どうして？　首をかしげるボク。

彼女は立て続けに、まくしたてるように語る。

「だって、怖いじゃない……！　フラれたら、私……もう生きていけない……！　傷つくくらいなら、何も言わないほうがマシよ！」

彼女の本音に頷くボク。

なるほどなるほど。

「でも好きなんだよね？」

「大好き！」

「付き合えるなら？」

「付き合いたい！」

「なるほどぉ……」

でも彼に想いが伝わらなければ付き合うことなど夢のまた夢。

というわけで。

「――出てきていいよ」

ボクは先ほどカトレアちゃんが使っていたティーカップ――本性を引き出す水が入っていたティーカップを手に取りながら、口を開いていた。

まるで話しかけるかのように。

「……何をしてるの？」

怪訝な顔を浮かべるカトレアちゃん。

店の扉が開いたのは、そのときだった。

からん、と鳴り響く鈴の音。

入ってきたのは、髪も肌も白く、体形は細身で背が高い、男子生徒。ボクと同じティーカップを持っている彼は、カトレアちゃんの幼馴染。

そして彼女の想い人。

「カトレア……」

ブルーノ君が、そこにはいた。

◇

ボクたちに本音を隠していた彼女と同じく、ボクたちもまた、彼女に隠していたことが一つある。

「ねえねえ、ブルーノ君。きみに一つお願いしたいことがあるんだけど」

写真撮影と事情の聞き込みがある程度終わったあとのこと。

ボクはブルーノ君に一つお願いをしていた。

「何ですか？」

首をかしげるブルーノ君。

それからボクが手渡したのはティーカップ。

「これ持って、お店の近くにいてくれない？」

「はあ……」

唐突《とうとつ》なお願いに彼はきっと戸惑ったことだろうと思う。手渡されたティーカップを眺めながら、

「何ですか？　これ」とボクに尋ねる。

「ま、持ってればわかるよ」

ふふふと得意げな顔で言ってみせるボク。

「……ていうかどうして店の前にいなきゃいけないんです？」

「それも後でわかるよ」

ふふふと笑うボク。

「全然説明する気ないじゃないっすか……」

呆れた様子で彼はボクにため息で応えながらも、ボクの提案に乗ってくれた。根本的にいい子らしい。

「カトレア……い、今のって……」

そして今、カトレアちゃんの包み隠さぬ本音の数々を聞いていた彼の顔は、太陽を浴びたように真っ赤になっていた。

ぷるぷる震える手にはボクが渡したティーカップ。

「これね、遠くにいる人に声を伝えることができる祈物なんだー」

そういう感じの効果があるんだよー。

とボクはカトレアちゃんに教えてあげた。

「…………」

沈黙するカトレアちゃん。

「カトレア……、お前がそんなふうに思ってくれてるなんて、俺、全然知らなかったよ……」

「…………」

ブルーノ君に対しても沈黙を返すカトレアちゃん。

それでも構わず――というかもしかしたら彼女の様子が見えていないのか、ブルーノ君は視線をあちこちに漂《ただよ》わせながら、言葉を並べる。

「それでさ、その……さっき言ってた言葉に対する返事なんだけど――」

「きゃあああああああああああああああっ！」

絶叫《ぜっきょう》。

彼の言葉を遮ったのはカトレアちゃん。

本心を胸の内に隠し続けていた彼女にとって目の前の現実はおおよそ耐え切れるものでもなかっ

たのかもしれない。

真っ赤なお顔を両手で覆いながらカトレアちゃんは叫ぶ。

「やだ……私のブルーノってばイケメンすぎ……！」

「昨日までの言動と真逆が過ぎますね」「最近の子って……」ぼんやり眺めるイレイナさんとリリエールさん。

「どうしよう……一緒の空間にいるだけで胸がきゅんきゅんしちゃうよぉ……」

「どうでもいいですけどこの子なんかこの状況楽しんでません？」「最近の子って……」

「だめっ……！　このまま一緒にいたら私、ブルーノのフェロモンでおかしくなっちゃう……！」

「こんな内面なのに何であんなきつい言動になるんですか」「最近の子って……」

「もうだめっ！　耐えきれないっ！　私、もう逃げるわっ！」

「わあ」

とイレイナさんが口をぽかんと開けて眺める最中。

カトレアちゃんは全身全霊《ぜんしんぜんれい》を込めて駆け出す。両手で顔を隠しながらも彼女の姿勢に迷いはなく、まっすぐ突き進む。

ただしブルーノ君の胸に向かって。

「！　い、一体どうなっているの？　私……！　何でブルーノに飛びついてるの……？」

目を白黒とさせる彼女。ブルーノ君の両腕にすっぽり収まりながら、彼女は嬉しいのか恥ずかしいのか戸惑うばかり。

逃げたつもりがなぜか抱きついている。不思議なものですね。

だからボクはにこりと笑いながら彼女に教えてあげた。

「針と糸だよ」

ご存じですか？

ボクら古物屋リリエールには、自身の意思とは真逆のことを行ってしまう祈物も置いているのです。

「や、やりやがったわね！」

「迷惑だった？」

「超最高！」

と叫ぶ彼女はぎりりと歯を食いしばっていた。歯を食いしばりながらも何故だかブルーノ君の首のあたりをひたすら嗅《か》いでいた。言動がとてつもなくちぐはぐな状態になっておられるカトレアちゃんだった。

そんな彼女に、ブルーノ君はただただ戸惑う。

「か、カトレア……！　こ、こんな人前で……困るよ……！」

「何？　私のことが嫌いなの？」

「いや別に嫌いなわけじゃないけど――むしろ好きなほうだし……」

「なぁに？　今、何か言った？　全然聞こえなかったんですけど」

ぐいぐいと迫るカトレアちゃん。

「なかなか積極的じゃないですか」ふむんと真面目《まじめ》に眺めるイレイナさん。

「恐らく祈物の効果を食らいすぎて開き直っているのでしょうね」そして真横で真面目な顔して解説するリリエールさん。

ブルーノ君とカトレアちゃんは、次第にそんな周りの声にも耳をかたむけなくなっていった。

「さっきも言いかけてたことだけど……、俺、お前がそんな風に俺のことを想ってくれてたなんて……全然知らなかったよ」

「ほんと。鈍感《どんかん》よね」

「し、仕方《しかた》ないだろ……！　お前、いっつも俺に対してキツい物言《ものい》いばっかりしてたんだから」

「あんなの愛情の裏返しに決まってるじゃない」

カトレアちゃんは抱きついたまま、甘えるように胸元に頭を預け、彼を見上げながらため息を漏らす。

「あんたの趣味は本当にキモいし、欲望まみれで、ほんとどうしようもない。最低最悪な男だと思うわ」

「か、カトレア……」

「でも私はそんなあんたが好き」

「カトレア……！」

「私だけが理解できればそれでいいの」

彼女はそれから言った。

「私だけを見て」

包み隠すことなく、胸の内の想いを、すべて彼に、伝えた。

「私だけのものになって」

それはどこまでも真っ直ぐな愛のこもった告白だった。祈物のせいで誤魔化しても逃げきれず、離れようとしても近づいてしまう今の彼女だからこそ漏らした言葉の数々。

「………」

彼女が吐いた気持ちの数々を吸い込むように息を呑んで、ブルーノ君は彼女を見る。彼女と視線がぶつかる。期待と不安が入り混じったカトレアちゃんの瞳。静かに呼吸をする二人。やがてブルーノ君は彼女の両肩に手を置いた。

そして力を込め、抱きつく彼女を引き離す。

「あ……」

意を決して告白した彼女を拒絶するかのような所作《しょさ》だった。くるりと振り返ったブルーノ君は、そのまま彼女に背を向けたまま、歩き出す。

その場にいた全員が見守る中で彼が向かったのは、古物屋リリエールの店内。いつもカトレアちゃんが叩いているテーブルの目の前だった。

彼はその真ん中に置かれたポットを指差しながらボクを見る。

「これ、確か本性を引き出す水、でしたよね」

「え？　ああ。うん、そうだけど——」

それが何か？

と尋ねようとしたところで、彼は「ありがとうございます」とお辞儀したのち、ポットを掴む。

そしてそのまま飲んだ。

ポットごと。思いっきり。本性を引き出す水を、ごくごくと飲んだ。

「え、ちょっ――」

突然何してるの？　と声をかけようとするボクなど見向きもせず、彼は水を飲み続ける。口の端からこぼれても、シャツが濡《ぬ》れてもおかまいなしに飲み続ける。

そして中身が空になったところで、彼はようやくポットを、テーブルの上に叩きつけるように置いた。

「君が本音を話すなら、俺も話すよ」

本性を引き出す水は言わずもがな、飲んだ者が気持ちを覆い隠せなくなる祈物。すべて飲み干した彼は、カトレアちゃんを改めて見つめる。

「俺も君が好きだ」

そして言葉を紡《つむ》いでゆく。

「君のことが、ずっと前から、好きだ」

表向きには誠実な男子学生。

そして裏ではちょっとだけ困った趣味嗜好《しゅみしこう》をしているお年頃の男子。

彼にもまた、本性を引き出す水を飲まなければ明かせないようなことが、あったのかもしれない。

「君が困ってる顔が好きだ。君が怒ってる顔も好きだ。ずっと前から俺の頭の中の一番大事なところにいたのは君だけだ。きつい性格してるけど、けれどたまに見せる優しい顔が好きだ。だから君が好きだ」

「ブルーノ……」

両手でお口を覆い隠して感動するカトレアちゃん。

どこまでもお似合いすぎるお二人。ブルーノ君は彼女に語りかける。

「俺が引っ越す事実は変えられない。あと数ヶ月もすれば俺はこの島からいなくなる。でも、それまで、よければ俺と付き合ってくれないか」

学生として一緒にいられる時間は限られるけれども。

長い長い人生において、学生でいられる時間なんてほんの少しの間でしかない。大人になるまでの間にある、限られた時間でしかない。

だから、ブルーノ君は、語りかける。

「大人になったら船に乗ってくれ。島の外で一緒に暮《く》らそう」

それは長い年月を見据《みす》えた上での告白だった。

プロポーズに片足突っ込んでるといってもいいくらいに情熱《じょうねつ》のこもった愛の告白だった。

彼女はくすりと笑う。

「私と会えない間、他の女に浮気《うわき》しないでよ」

「もちろんだ」

「他の女に色目を使ったりするのもダメだから」

「もちろんだ」

「あと大人の店とかもダメだから」

「…………」

「は？　何黙《だま》ってんのよ。ちょっと」

「カトレア……」

　静かに囁きながら彼女に抱きつくブルーノ君。本性を引き出す水を飲んでいても黙っていれば問題なしという決定的な欠陥《けっかん》を早くも読《よ》み解《と》き活用している彼だった。

「カトレア。島の外にはたくさん楽しいものがあるらしいんだ。食べ物も、街並みも、人との出会いも……」

「大人の店行こうとしてるじゃん」

「きっと小さな島よりも多様で、色彩《しきさい》に満ちている」

「マジで大人の店行こうとしてるじゃん」

「……寂しいことを乗り越えた先には、きっと楽しいことが待っている。そう思うとしばらくの別れも何だか楽しいもののように思えないか？」

「別れてる間にそういう店行く気満々じゃん」

　ぎりぎりぎり、とカトレアちゃんがブルーノ君に強く強く抱きつきながら、睨み上げる――たぶん全力で彼の拘束《こうそく》から逃れようとしているのだけれど、針と糸が真逆の行動をさせているらしい。

今にも怒鳴《どな》り出しそうなほどに彼を睨みながらも、彼女は語る。

「言っとくけど、私以外の女に靡《なび》いたりしたらぶっ殺すから」

「それだけは絶対にないよ。俺、君以外の女の子に本気で興奮したことはないから」

「マジきも」

肩と肩が触れ合うほどに寄り添う二人組。

お互い目と目を合わせて見つめ合い、互いのことだけを意識する。他人にはわからない魅力に焦《こ》がれて、いつまでもいつまでも二人は抱き合った。

そうして大人になるまでの限られた時間の中で、二人は輝かしい日々を送る。

人は多分、それを青春と呼ぶ。

◇

「先日はなかなかの仕事ぶりだったわね、マクミリア」

カトレアちゃんとブルーノ君がなんやかんやで結ばれてから数日が経った。

今日も今日とて古物屋リリエールにて、暇を持て余していたときのこと。リリエールさんはふと思い出したように、先日の出来事を美しい思い出話のように情緒《じょうちょ》たっぷりに語ってみせた。

「あなたがいなければきっと事件の解決は無理だったわ。私やイレイナでは彼女の真意《しんい》にまで気づくことはできなかったもの。ねえイレイナ」

ぽん。と肩に手を置くリリエールさん。

バトンを受け継ぐようにイレイナさんは頷き、言葉を並べる。

「まったくですね。あそこまで祈物を使いこなすとは。この店の店主であるリリエールさんを超える逸材《いつざい》といっても過言《かごん》ではない気がしますね」

「まったく素晴らしい成果だったわよね」

「最高でしたね。逸材ですよ逸材」

臆面《おくめん》なき誉《ほ》めっぷり。大賞賛《だいしょうさん》。

「そうですかぁ……？」

滅多《めった》にない二人からの美辞麗句《びじれいく》の数々にボクはすっかり気持ち良くなり、えへへと頭をかいた。

照れますなぁ……。

まあ言われるほどの活躍をした覚えはありますけどね！

「よっ。逸材」ぽんとボクの肩に手を置くイレイナさん。

「えへへ……」

「というわけで」

イレイナさんに遅れてリリエールさんも、ボクの肩に手を置いた。

そのうえで言った。

「この依頼はあなたに任せてもよいかしら」

にこりと笑いながら言った。

「…………」

笑う二人に反して静かに顔から笑みが消えるボクだった。要するにそれって依頼をボクになすりつけようとしてるだけでは？　きっと今ふたりに本性を引き出す水を飲ませたらろくでもない言葉の数々がこぼれ落ちるに違いない。

とはいえ実際、二人に任せるよりはボクが請け負ったほうがいい依頼であることには違いなかった。

「はあ、まあ、仕方ないですね……」

目の前の依頼人が古物屋リリエールへと赴《おもむ》いたのは、そもそもボクが依頼を解決したことが原因であるのだから。

ボクの目の前、向かい側のソファには、依頼人が一人、座っている。

歳の頃はだいたい学生程度。

まあ先日のブルーノ君やカトレアちゃんと同い年程度といったところだと思う。

「……えっと」

ボクはため息を堪《こら》えながらも彼女を見据《みす》える。

髪は赤く、肌は褐色。スポーツが得意らしく、男女問わず人気がありそう。

「ごめん。もう一回、最初から話してもらえる？」

大体そんな感じの女子生徒――アニーちゃんが、ボクたちの前には、いた。

「愛した男の子が他の女の子と付き合っちゃったんです……」

彼女は俯《うつむ》きながら、ボクらに事情を話す。

彼女には大体半年ほど前から狙《ねら》っていた男子がいたそうな。最近ちょっといい感じの雰囲気で、あと一押しで付き合えるかも——そんなふうに思うほどだったようです。

しかしながらつい最近、自身の親友と突然付き合い始めてしまったのです！

まさしく見てきたかのように知り尽くした恋愛関係だった。

「うん……それで？」

一通り聞いたうえでボクは尋ねる。

「それで、それで、私、あの、他の女の子と付き合ってる男子の顔を見ると、何だか胸の奥がきゅんってなるようになっちゃったんです……」

「うんうん」

アニーちゃんからすれば長い時間をかけて攻略していた男子が横から取られちゃったのだからきっとショックを受けてしまったのでしょう。

「私の親友に対して笑いかけてる顔を見ると……、胸がもやもやするんです」

「うんうん」気持ち、わかるよ。

慰《なぐさ》めるような気持ちでボクは頷く。

「学校の空き教室でこっそり抱き合ってる二人を見ると、心がとっても、熱くなるんです……」

「うんうん」そんなこと学校でしてるんだ……。

「あと何だかとても高揚《こうよう》するんです……」

「うん……うん？」

何て？

「興奮《こうふん》します」

「ストレートに言い直さないで」

何回聞き直してもよくわからないんだけど。

興奮？

「私から奪われた男子が他の女の子といちゃいちゃしてるのを見るとすごく興奮しちゃうんです……！」

パァン！

とめどない感情が溢れ出てテーブルに手のひらを叩きつけるアニーちゃん。彼女は目をぎらぎらさせながらボクに語る。

「私、このままだと頭がおかしくなっちゃいそうなんです！　どうにかこの興奮を抑えられるような祈物とかってないですか？　ねえ！」

ぐいぐい、と迫るアニーちゃん。

カトレアちゃんとブルーノ君の二人が変な子すぎて忘れていたけれど、アニーちゃんもアニーちゃんでそこそこ変な子だった。

「はあ……。私、このままだと変になっちゃう……」

「既に変じゃないかなぁ……？」

何でもかんでもどんと来いなアニーちゃん。

ブルーノ君を取られた今の状況ですら彼女にとってはどんと来いの範疇《はんちゅう》に収まってしまったらしい。

守備範囲ひろ……。

「わあ……」

「最近の子って……」

一人で勝手に興奮するアニーちゃんを眺めながら、イレイナさんとリリエールさんが白い目を向ける。

他人には理解できないちょっとしたこだわりとか、趣味嗜好とか。胸に秘めていたものが突然開花する眩《まぶ》しい日々。

人は多分、それも青春と呼ぶのかもしれない——。

出る杭《くい》は打たれる。

レイラはここ数年でその言葉の意味を誰よりも強く実感した。

今の職場に勤《つと》めるようになって以来、彼女の成績は常にトップを走っていた。上司《じょうし》からの信頼も厚《あつ》く、輝《かがや》かしいレイラの成績を模範《もはん》とするようにと会議の場でも称賛《しょうさん》されたほどだった。

常に効率《こうりつ》を重視して仕事をこなし、無駄《むだ》なことは一切しない。それがレイラにとっての仕事のスタンスであり、その成果がトップという輝かしい成績だ。

おかしいことなど何一つない。

少なくともレイラはそう感じていた。

「――ねえ、今日の会議のアレ、何?」「またお気に入りのレイラを褒《ほ》めてたわね」

その日、いつものように仕事をしていた時のことだった。

どこからともなく声を聞いた。

「……どうせ上司《じょうし》に尻《しり》でも触らせたんじゃない?」「あはは！　ありそう！　いつも露出度《ろしゅつど》高い服着てるしね」「仕事じゃなくて色仕掛けのほうが得意そうだわ」

自身を中傷《ちゅうしょう》する声を聞いた。

「…………」

出る杭《くい》は打たれる。

社内での成績が伸びるようになった頃から、こうして度々周りの同僚《どうりょう》や先輩《せんぱい》から遠巻《とおま》きに疎《うと》まれることが多くなったような気がする。

別にそれ自体は構わない。

嫌われるのは才能ある者の宿命《しゅくめい》だと割り切ればいい。

しかし、

「……はあ、耳障《みみざわ》りね」

家路《いえじ》につきながら、レイラはため息を漏《も》らす。

別に嫌《きら》われることに関しては何とも思わない。

しかし真面目《まじめ》に仕事している最中に下品《げひん》な会話を聞かされなければならないことがレイラにとっては苦痛《くつう》だった。

静かに仕事だけをさせてほしい。

だから祈《いの》るような気持ちで彼女は呟《つぶや》く。

「いっそのこと、悪口《わるぐち》が聞こえなくなる物があればいいのに――」

願いはただそれだけだった。

「ありますよ」

その祈りが届いたのかどうかはわからない。

路上《ろじょう》でつぶやいた彼女の独《ひと》り言《ごと》に答える声が一つあった。

顔を向ける。路地裏《ろじうら》の暗闇《くらやみ》から、一人の女が音もなくゆっくりと現れた。

「悪口が聞こえなくなる祈物《れいぶつ》、ありますよ」

喪服《もふく》のような黒いドレス。月明かりの中に浮《う》かぶのは黒い髪と、死人《しにん》のような白い肌《はだ》。生気《せいき》が抜けたような黒い瞳《ひとみ》はレイラを捉《とら》える。

彼女は自身を古物屋《こぶつや》カレデュラと名乗《なの》った。

◆

いくら澄《す》ました顔をしていても、しかし耳に届く範囲で交わされる陰口《かげぐち》の数々は必ず相手に不快感《ふかいかん》を与えることを、レイラの同僚たちは知っていた。

「毎日毎日張り切っちゃって……ひょっとして借金《しゃっきん》でもあるのかしら？」「あはは！　男に貢《みつ》いでるんじゃやない？」「ありそう！」

仕事では決して敵《かな》わない相手に対して、針《はり》のような言葉を投げかける。ほんの少しだけでもレイラが嫌《いや》な顔を浮かべれば、それだけで十分に満足だった。

だから今日もいつものように、同僚たちは彼女に聞こえるような距離感で笑い合う。

「…………」

けれどその日は妙《みょう》だった。

同僚たちが話をすればするほど静かに機嫌《きげん》を損《そこ》ねてゆくレイラはなぜだかとても心地《ここち》よさそうに仕事をしている。

「は？　聞こえてるくせに何あの顔」「うざ」「私たちのことなんて眼中《がんちゅう》にないって言いたげね」

いつもよりも声を張《は》って同僚たちは罵声《ばせい》を浴びせる。

「…………」

レイラは何の反応も示《しめ》さない。

顔を向けることもない。表情も何も変わらない。

まるで耳に栓《せん》をしているように、彼女は同僚の言葉すべてを意に介《かい》さない。

「ねえ、今日のレイラ何だか変じゃない？」

昼休憩《ひるきゅうけい》。

トイレで化粧《けしょう》を直しながら同僚たちが言葉を交わす。何を言っても手応えがまるで得られない状況に不気味《ぶきみ》さを感じていた。

「いつも気持ち悪いけど今日は格別《べっかく》ね」同僚の一人が同調する。

「私たちのことなんて視界に入れるだけ無駄って言いたいのかもよ。ほんとムカつく女」同僚の一人が吐き捨てる。

いつもの調子で互《たが》いに嫌いなレイラの話題で三人は盛り上がる。

顔を整え直している鏡越《かがみご》し。個室《こしつ》の扉《とびら》が開いたのはその時のことだった。

「…………」

中から出てきたのはレイラ。たった今も陰口の話題にしていた相手。

にもかかわらず彼女は何も聞こえなかったかのような顔で平然と洗面台《せんめんだい》に立ち、三人の真横《まよこ》で手を洗った。

「な、何よ――！」

得体の知れない気持ち悪さがあった。

ちょうどレイラの隣になった同僚が、声を荒《あら》らげる。

「文句《もんく》があるなら何か言ったらどうなのよ！」

しかしレイラは何も言わない。

怒鳴《どな》り声に反応することすらない。

「…………」

そしてレイラは丁寧《ていねい》に手を洗ったのち、三人を尻目《しりめ》にトイレから出てゆく。

依然として涼《すず》しい顔を浮かべた彼女の耳元には、見慣れない銀色のイヤリングが輝いていた。

「――これは静寂《せいじゃく》のイヤリングと呼ばれる祈物です」

悩みを吐露《とろ》しながら家路についていたレイラを呼び止めたカレデュラは、イヤリングを手渡しながら言った。

「静寂の名の通り、このイヤリングを付けた者は静かに日々を過ごすことができるようになります」

「……どういう意味？」

漠然《ばくぜん》とした説明にレイラは首をかしげる。

カレデュラは穏《おだ》やかな表情のまま言葉を続けた。

「これをつけていると自身にとって害をなす者の声が聞こえなくなるのです。騒《さわ》がしい声が聞こえなくなる。だから静寂のイヤリングという名がつけられたのです」

「ふうん……」

銀色のイヤリングを眺《なが》めながら、しかしレイラは目を細める。

たしかに一見すればいい効果を持った素晴《すば》らしい祈物のように思える。

しかしうまい話は裏があるとも言う。「何かデメリットみたいなものはないわけ？」

「ございますよ」

やっぱり。

いい効果の祈物だと思ったのに──と落胆《らくたん》するレイラ。対してカレデュラは、

「この祈物は外すことが難しく、わたくしでなければ外すことはできません。一応デメリットといえばそのくらいです」

「……ふむ」頷《うなず》きながら、考える。「それってつまり、一回つけたら付けっぱなしにしておく必要があるってこと？」

「ええ。もしも外したくなったときはわたくしを呼んでください──この名刺《めいし》を持って、わたくしに会いたいと願えば、わたくしはいつでもどこでもあなたの元へと伺《うかが》いますよ」

手渡されたのは黒い名刺。

古物屋カレデュラの名前だけが刻《きざ》まれている。原理はよくわからない。きっと名刺もまた祈物の一つなのだろうと自身の中で納得しながら、レイラはカレデュラを見る。

そもそも同僚たちの声などいついかなる場合であっても聞きたくはない。一度つければ外せないというデメリットは、レイラにとっては何の意味も成さない。

「買うわ」

だから言った。

「ありがとうございます」

古物屋カレデュラは心地よさそうに笑っていた。


翌日の朝からレイラの耳にはイヤリングが嵌《は》められた。

「[redacted]――」

祈物の効果は確《たし》かなものだった。

レイラに対して陰口を叩き続けていた同僚たちの声は何一つとしてレイラには届かなくなっていた。

口は開いている。こちらの様子をちらちらと窺《うかが》いながら、いやらしく笑っている。

「[redacted]」「[redacted]」「[redacted]」

しかし声は一つも届かない。まるで三人の声だけが黒く塗《ぬ》り潰《つぶ》されたように、レイラの世界から取り除かれていた。

（……なかなかいいじゃない）

その日から、レイラの仕事の効率は今までよりも一層《いっそう》上がった。

耳障りな言葉すべてを取り払ったレイラは、望んでいた静寂を手に入れた。


「いつもながらに素晴らしい成果だねぇ、レイラ君」

調子がよかったせいだろうか。いつも以上に効率が上がり、一日で終わらせる予定だった仕事が午前のうちに片付いた。

あまりに速い仕事ぶりに上司は驚《おどろ》き、手放しで称賛《しょうさん》した。

「いえ、当然のことです」

無駄《むだ》なことを一切しなければ――余計な声に耳をかたむけることがなければ、当然のこと。

「まったく、他の社員も君を見習ってほしいものだね……」

上司はため息混じりにレイラの後ろに目を向ける。

「■■■■■」「■■■■■」「■■■■■」

同僚たちがいつものように無駄話を交わしていた。何を言っているのかまでは分からない。どうせ何の生産性もない会話を繰り広げているのだろう。

レイラが働く会社には、彼女たちのような怠《なま》け者《もの》が多い。

「――おう。お前たち。今晩暇《ひま》？」

会話をしていた三人のもとにレイラの先輩従業員が声を掛ける。いつも飲み会に誘ってくる鬱陶《うっとう》しい男だ。レイラにとってはその程度の価値でしかない。

三人にとっては憧《あこが》れの存在らしい。同僚たちは露骨《ろこつ》に嬉しそうな顔をしながら媚《こ》びていた。

「■■■■■」「■■■■■」「■■■■■」

もっとも、何と言っているのかまではわからなかったが。

「あははは！　そうかそうか。わかった。じゃあ今夜、皆《みんな》で飲もうか」

「■■■■■」「■■■■■」「■■■■■」

「ああ。他にも仲間を何人か誘っておくよ――」

ろくに仕事をせずに頭の中は遊ぶことばかり。

レイラにとって目障《めざわ》りな存在だった。

「■■■■■」

だから、先輩の声も聞こえなくなった。


祈物を付けてから、明らかに日常生活で感じるストレスがなくなった。

例えば仕事帰りにバーで飲んでいたときのこと。

「おい！　どうなっているんだこの店は！　料理の中に髪《かみ》の毛《け》が入っているぞ！」

遠くの席で酔《よ》っ払《ぱら》いが怒鳴っていた。耳障りな声だった。

「…………」

レイラは視線を向ける。店員が男の元に飛んでいき、「たいへん申し訳ありません……」と頭を下げていた。

「とっとと代わりの料理を[redacted]」

耳障りな男の声はレイラの世界から除外《じょがい》された。

少しだけ静かになった店内で、レイラは美味《おい》しい料理に舌鼓《したつづみ》を打つ。

「――なあなあ、お姉さん。いま暇《ひま》？」

街を歩いているときに軽薄《けいはく》そうな男が声をかけてくることがある。そんな時も祈物が活躍した。

「――無視しないでくれよ。ちょっとでいいから[redacted]」

目障りだと思った直後に、男の声は聞こえなくなる。

日々が静寂に包まれていけばいくほど、レイラは実感する。

これまで生きていた世界がいかに自身にとって余計な言葉で埋《う》め尽《つ》くされていたのかを。

「あらまあ。数日前に会った時よりも顔色がよさそうですね」

ある日の帰り、カレデュラが声をかけてきた。

レイラは笑顔を返す。

「ありがとう。あなたのおかげで今、とても幸せだわ」

「それはよかった。顧客《こきゃく》の喜びがわたくしにとっては何よりの喜びですから」

そしてカレデュラの視線はレイラの耳元に注がれる。「イヤリング、外されますか？」

取り外しが難しく、カレデュラの手でなければ外すことができない――それが買ったときに言われたデメリットだった。

レイラは首を振る。

「まさか。一生つけていたいくらいよ」

「そうですか」

もし外したくなったら、名刺に祈ってくださいね――カレデュラは笑いながら、路地裏の暗闇の中へと消えた。

◆

それから数日後のことだった。

「レイラ君、この前、君に任せたはずの仕事の進捗《しんちょく》、どうなっているね？」

「え？」

上司の言葉にレイラは首をかしげた。

直々《じきじき》に頼まれた仕事はすべてこなしたはずだ。漏れなどない。いつも完璧に仕事をしているはずなのに――頭の中で考える。しかしやはり記憶にはない。

そんなレイラに上司は男性従業員を指差しながら不思議な様子で語りかける。

「……彼から取引先へのプレゼン資料をまとめるように頼んでもらったはずなのだが、覚えてはいないのかね？」

彼。

いつも飲み会のことばかりでろくに仕事をしない先輩従業員の一人。

そこでレイラは思い出す。確かに数日前、やけに親しげな様子でレイラに声をかけてきたことがあった。いつものように飲み会の誘いだろうと思って無視していたが――。

「■■■■■」

思い返してみて気づく。そもそも彼の声など聞こえていなかった。

どうやら仕事を依頼していたらしい。

「……申し訳ありません。すぐにやります」

「ああ、頼むよ」

頭を下げたのちに仕事に戻る。

「■■■■■」「■■■■■」「■■■■■」

遠くのほうで同僚たちが笑っていた。

きっとここぞとばかりにレイラの悪口を言い合っているのだろう。

別に何と言われても構わない。どうせ聞こえないのだから。いつものように涼しい顔で、レイラは仕事に従事した。

仕事のミスは仕事で取り戻せばいい。

遅《おく》れたものの、レイラは完璧な資料を上司に手渡していた。

「ふむ……まあ、今回はこれでもいいか」

資料の出来に反して微妙な表情の上司の姿があった。

「…………」

まだ嫌味を言い足りなかったのだろうか。資料を置いたのちに、レイラを見上げながら上司はため息を漏らしていた。

「しかし最近どうしたというのだ？　以前はもっと精力的に仕事をし■■■」

声が聞こえなくなった。

本心からそう祈ったわけではない——しかしレイラは反射的に、上司の声を同僚たちと同様に雑音と認識してしまっていた。

「■■■■■」

何も聞こえない。

辺りを見回しても、何も聞こえない。

仕事を円滑《えんかつ》に進めるためにイヤリングを手に入れたのに——。

静寂の中、周囲からレイラに注がれる視線は、かつて無能な周囲に向けていたものと同じになっていた。


どうしよう、どうしよう——このままじゃ何もできなくなる。

仕事を早退《そうたい》してきたレイラは夕暮れ時の街を歩く。

うまくいくはずだったのに。仕事が唯一の取《と》り柄《え》なのに。

祈物を手に入れたせいでうまくいかなくなったのだと思いたくなかった。認めたくなかった。どうにかしなければならない。焦りが彼女の足を早める。

「へいらっしゃい！　うちの商品、ぜひ見■■」

いつもなら気にならない露店の店主の声がうるさくて、遮断《しゃだん》した。

「ねえねえ、聞いた？　あのね■■■」「あはは！　何そ■■■」

街ですれ違った女の子たちの会話がうるさくて、遮断した。

「お嬢さん、大丈夫かい？　顔色が■■」

うるさい。

「――おっと！　気をつけろよ。前見て歩かないと■■」

うるさい。

「■■■■■」

うるさい。

みんなうるさい――。

八《や》つ当《あ》たりするような気持ちで、レイラは一度、ほんの一度、そんなふうに思った。

思ってしまった。

イヤリングはレイラの思いに忠実に応えた。これまで通り、煩《わずら》わしいものをレイラの耳から除外する。

「■■■■■――」

街から声が消えた。

音が消えた。

街の喧騒《けんそう》も、石畳を踏み締める音も、何もかも、レイラには聞こえなくなった。

「[redacted]」

自分の声すらも、レイラには聞こえない。

願った通り、望んだ通り、レイラの周りには静寂だけが残された。

◆

——もし外したくなったら、名刺に祈ってくださいね。

恐ろしい状況に陥《おちい》ったあとのこと。

夜中、静まり返った街の中で、レイラは古物屋カレデュラの言葉を思い出した。

もらった名刺を急いでバッグから取り出し、路上にへたり込んで祈る。

ただ一人、夜の街の真ん中で祈る。

静寂はたしかにほしかった。しかし何の物音も聞こえない今の状況では日常生活すらままならない。外す以外に方法はなかった。

（早くきて……！）

強く祈り続ける。

名刺がどのような効果を持つ祈物なのかはレイラ自身にもわからない。しかし求めた救いにカレデュラは応じてみせた。

「[redacted]」

おぞましい静寂の中、穏やかな顔を浮かべたカレデュラが、いつの間にか目の前に現れていた。

「どうかなさったのですか？　顔色が悪いようですが」

夜の街の真ん中で、カレデュラは青ざめた女性に語りかける。

それは一週間ほど前に静寂のイヤリングを売り渡した女性客だった。

「わたくしを呼んだ、ということは何か用があるということですね？」

何ですか？　と語りかけるカレデュラ。顧客の要望であればどのような願いであれ、叶えて差し上げたいと思っていた。

不安そうな彼女を安心させるために、カレデュラは笑顔を浮かべて見下ろした。

レイラは口をぱくぱくと動かしながら、必死な形相《ぎょうそう》で言葉を漏らす。

「あの、わたし、いやりんぐを、はづしたいの」

「はい？」

カレデュラは首をかしげていた。

顧客の要望ならばどのような願いであれ、叶えて差し上げたいと思っている——何を願っているのかを明確に言葉にして伝えてくれるのであれば、叶えて差し上げたいと思っている。

しかし目の前のレイラから語られた言葉は、カレデュラには理解できないものだった。

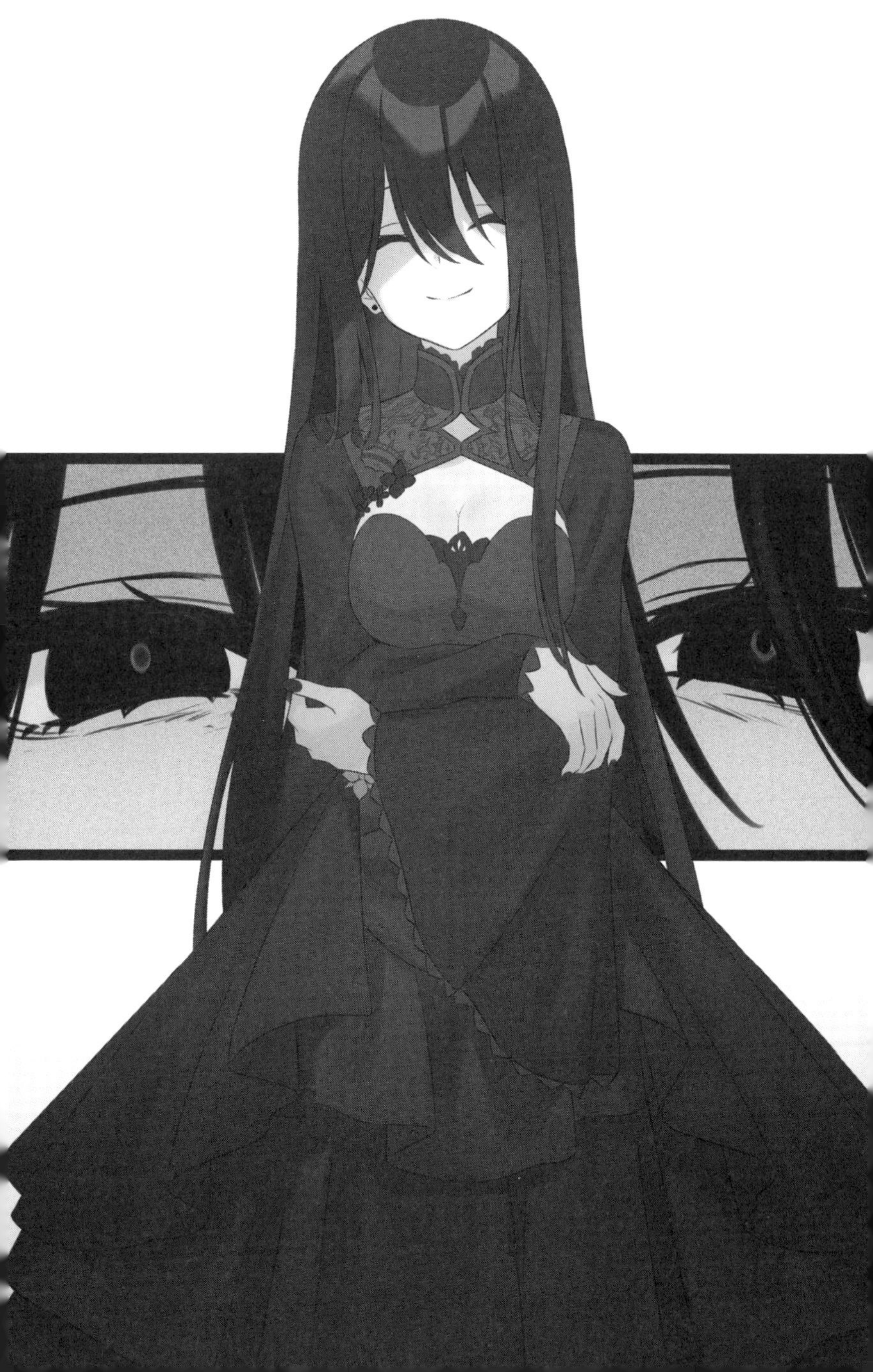

イヤリングを、どうしたいと言っているのだろうか？

「もう一、度、正、確、に言っていただけますか？　よく聞き取れなかったので」

首をかしげてみせた。

「……？」

こちらの言葉が理解できないのだろうか。レイラは首をかしげるばかりで、カレデュラの質問に答える素振《そぶ》りは見せてくれなかった。

何を願っているのかを明確に言葉にして伝えてくれるのであれば叶えて差し上げたい。

しかし最低限のやり取りすらままならないのであれば――願いがわからないのであれば、叶えることもままならない。

だからカレデュラは、彼女から名刺を取り上げたのち。

心地よさそうな笑顔を浮かべたまま、言い放つ。

「大変申し訳ありません。あなたが何を言いたいのかわかりません」

　私をリリエールと名付けてくれた両親のことを時々思い出す。

　一人娘である私をとても可愛《かわい》がってくれた優《やさ》しい両親。私さえいれば何もいらないと幼い頃はよく笑顔を浮かべてくれた。

　だから私の体が奇病《きびょう》に侵されていると発覚《はっかく》した時、二人は当事者である私以上に動揺《どうよう》し、嘆《なげ》き悲しんだ。何かの間違《まちが》いじゃないかと何度も私の体に出た症状を見た。けれど見れば見るほど私の体はおかしかった。

　ひょっとしたら何か悪いものに取り憑《つ》かれているのではないか——私のおかしな体を治療《ちりょう》するためにすぐさま二人は町医者に駆け込んだ。

「これは……」

　医者は私の体を見るなり息を呑んだ。

　そこにあるのは、白くてみずみずしい、十四歳になったばかりの少女の白い指。ナイフで傷をつけた直後に、傷口が塞がってしまう、白い指。

「ご覧《らん》の通り、うちの娘の体は傷《きず》ができても異様《いよう》な速さで治ってしまうんです」

　この病気は一体何なのか。どうやったら治せるのか。そもそも病気なのかすら両親にはわからなかった。

「残念ながら私にもこの症状が何なのかはわかりかねますな……」

そして医者もまた同様に、私のおかしな体に首をひねるばかりだった。結局、「特に害がないのであればそのままにしてもいいのではないか」と医者は結論づけた。怪我《けが》がすぐに治るだなんて羨《うらや》ましいとも話していた気がする。日夜怪我や病気と闘っている医者としての本心なのか、それとも両親を慰《なぐさ》めるためのその場凌《しの》ぎの言葉だったのかはわからない。けれど結果として当時の両親は、医者に「問題ない」と背中《せなか》を押してもらえたことで多少の平常心を取り戻した。

嘆き悲しんでいた両親の顔に、笑顔が戻る。

けれどやがて医者の判断が誤りだったことが判明した。

私の体はそれから何年経《た》っても、十四歳のまま歳をとることがなかったのだから。


当時私が住んでいたのは小さな国だったから、私の噂《うわさ》は一気に街中に広まった。きっとリリエールは大人になれない病気なのだ。何も悪いことをしていないのに。かわいそうに。

嘆き悲しむ両親を哀《あわ》れに思った人々は、私の体を治す方法を探そうと団結《だんけつ》した。

ある医者はありとあらゆる薬を私に処方《しょほう》をして、成長を促《うなが》した。すべて徒労《とろう》に終わった。

ある学者は私の体をくまなく調べた。異常はどこにも見つからなかった。

ある魔法使いは魔法薬を私に飲ませて治療を試みた。すべて失敗に終わった。

それから国内外から色々な人が私を訪ねてやってきた。けれどどのような手を用いても私が十四歳から成長することはなかった。

どれだけやっても、何一つとして変わらない。

まるで荒《あ》れる海に剣《けん》を叩《たた》きつけるようなもの。

何度となくあらゆる手段を試しても、病の症状は決して消えることなく、努力《どりょく》はすべて水の泡《あわ》と消えてしまう。

時間が経つにつれて私の家を訪れる人は減っていった。

一人、また一人と諦《あきら》めていったらしい。

「俺たちではお前を大人にしてやることができなかったよ……」

父親はため息をついていた。

「ごめんね、リリエール……ごめんね」

母親は泣いていた。

私の年齢が二十代後半に差し掛かった頃、両親もまた、私の治療法を探すことを、諦めた。

そうして私を置き去りにしたまま世界だけが歳を重ねていった。

幼い頃からずっと私に対して笑顔を向けてくれていた両親は、気づけば思い詰めた顔ばかりを浮かべるようになった。

十四歳だった頃から時間が経てば経つほど、私という存在の違和感は浮き彫りになってゆく。次第に街の人々の視線は、憐《あわ》れみから羨《うらや》みに変わっていった。

「あなたがリリエールちゃん？　本当に女の子のままなのね！　羨ましいわぁ」

歳を召《め》した女性ほど、私の若さを羨んだ。

「リリエールちゃん、いいなぁ。私もいつまでも子供のままでいられたらいいのに」

結婚をして子供が産まれたばかりの友人は、大人になることの大変さを誇《ほこ》らしげに語りながら私を羨んだ。

「実際のところ、お前も自分の体を治したいだなんて思ってないんだろ？」

かつて私を治そうと尽力《じんりょく》してくれた人たちまで、私の体を羨んだ。

ひょっとしたら私は心の痛みすらすぐに治ってしまう体になっていたのかもしれない。誰に何と言われようとも苦しさも悲しさも感じることはなかった。

「ごめんね、ごめんね、リリエール……」

ただ、悲しむ両親の顔を見続けることだけが、辛《つら》かった。成長を見守ることすらできない娘の存在が二人を苦しめていることだけは明白《めいはく》だった。

このまま共に居続ければ、そのぶん苦しませることも、悲しませることも、私にはわかっていた。

「私、国を出るわ」

だから私は二人の元を離れる選択をした。驚く二人に、私は「自分で治療法を探してみたいの」と付け加えた。それでも尚《なお》、二人は渋《しぶ》った。

危険《きけん》だからやめなさい。家にいなさい。二人は荷物をまとめる私に色々な言葉をかけた。けれど私が頷《うなず》くことはなかった。

「忘れたの？　私、もう二十九なのよ」

一人旅くらい問題ないわよ――と。

心配する両親に、私は笑いかけてみせた。二人は結局、それから私を見送った。

二人も心の底ではわかっていたのかもしれない。

私たちは同じ時間を生きられないことを。


それから私は近くの国を回った。

「とりあえず宣言通りに治療法を探すことにしましょう」

さすがに一生十四歳のままだと不便《ふべん》が過ぎるし。何より世の中からはぐれたまま生き続けなければならないもの。それは困る。

というわけでひとまず私は近くの国々で病院や魔法使いのもとを回ってみることにした。故郷《こきょう》ではダメだったけれど、外の国ならば私の病に関する情報が得られるかもしれないと思ったのだ。

「いやあ……こういう病気の治療はうちではできないね」

とある国の病院で医者が首を振る。徒労《とろう》に終わって私はため息をついた。

「すごい！　何この体！　研究させてよ！」

とある国では魔法使いが興奮した様子で私の肩《かた》を摑《つか》んだ。私は怖くなって逃げ出した。

「いいですか？　この壺《つぼ》を買えばどのような病もたちどころに治ってしまうのです……」

とある国では怪《あや》しい団体が壺を買わせようと迫ってきた。私はやはり怖くなって逃げ出した。それから何ヶ国か回り、医者や魔法使いのみならずあらゆる人々に私の体の治し方を聞いて回った。

そうこうしているうちにおおよそ一年の月日が流れた。

そしてたどり着いた、とある国の広場にて。

私はベンチに腰を下ろしつつ、ふっと息をつく。

「……お金なくなっちゃったわ」

財布《さいふ》の中がすっかり寂《さび》しげな様子になっていた。働かずに一年近く治療法を探し続けた結果だった。

「このままじゃ流石《さすが》にまずいわね……」

人や国を訪ねるためにはお金が要る。しかし目下の財布はお腹《なか》が空《す》いたとすっかり寂しくなった口を開けている。私はその場でわかりやすく頭を抱えた。

「一旦《いったん》、治療法探しは止めて働いた方がよさそうね」

幸《さいわ》いにも私がその日滞在していたのは大きめの国。人が多ければ人手不足も多くあるもの。私は広場にあった求人広告のチラシを片《かた》っ端《ぱし》から摑《つか》み取り、お店を回った。

大きな国だし、少し探せば職も見つかることでしょう――。

「はあ？　三十歳？　お嬢《じょう》ちゃん冗談《じょうだん》はいけないよ」

…………。

少し探せば職も見つか――。

「どうみてもまだ子供じゃないか。君なんかを働かせたら僕が罰《ばっ》せられちまうよ」

…………。

少し探――。

「さてはいたずらのつもりだな？　とっとと出ていけ！」

…………。

数日後。

「ヤバいわ」

ヤバかった。

気づけば財布の中身が完全に底をついていた。そもそも失念《しつねん》していたけれど私の体は十四歳。どれだけ大人びた雰囲気であったとしても見かけ上は子供に相違《そうい》ない。三十歳ですと素直《すなお》に自白《じはく》して仕事が見つかるはずもない。

かといって嘘《うそ》をついたとしても仕事が見つかるわけでもなかった。

「十四歳です」

「帰れ」

試しに見た目通りの年齢で仕事の面接に行ってみたところ当然のように門前払いだった。職場に子供の居場所はない。

「このままじゃ流石にまずいわね……」

数日前と同じセリフを同じ場所で吐く私。けれど先日よりも危機感は割り増しだった。このままでは本当に野宿《のじゅく》して生活しなければならなくなるのだから。

けれど家に帰るつもりも、ない。

「とにかくもう少しだけ仕事を探してみましょう……」

私は子供じゃない。

自分自身に降りかかった問題くらい、自分自身で解決してみせる――焦《あせ》りと決意を胸に、私は再び立ち上がった。

「こんにちは」

私の肩《かた》が叩《たた》かれたのは、そのときだった。

振り向くと、そこには一人の男性の姿。見覚えはない。どこの誰かしら。

「……どなた？」警戒《けいかい》しながら目を細める私。

男はにこりと笑った。優しそうな雰囲気の男だった。

「君、ここ最近、仕事探してる子でしょ。色々なところで噂になってるよ」

「…………」

私は無言で男を睨《にら》んでいた。

肩をすくめながら、男は語る。

「そんな怖い顔しないでよ。俺は仕事を紹介しに来ただけなんだから」

「え、仕事を紹介……？」

途端《とたん》に私の警戒心が蒸発《じょうはつ》したように消えてゆく。

渡りに船。「それ、本当なの？」と表面上はまだ警戒心を浮かべながらも、浮き足立っていた。

どこの仕事？　どんな仕事？　どうして私に声をかけてきたの？　私は矢継《やつ》ぎ早《ばや》に質問を重ねて

ゆく。

そんな私に男は困った様子で眉根《まゆね》を寄せた。

「その前に聞きたいんだけど、君ってリリエールちゃん……で合ってる？」

「そうだけど……」

それが何？

怪訝《けげん》な顔を浮かべる私に、男は言った。

「俺は慎重《しんちょう》でね、特に君みたいな子を扱《あつか》うときは細心《さいしん》の注意を払うように心がけてるんだ」

「どうして」

「間違えて別の子供をさらったりしたら大変だし」

「は？」

何を言ってるの――？

驚《おどろ》き、戸惑い、そして目の前の男から笑みが消えたとき、私は罠《わな》に嵌《は》められたことに気がついた。

そして既に手遅れだった。

途端、私の目の前が真《ま》っ暗《くら》になる。

「きゃっ――！」

背後から大きな布袋《ぬのぶくろ》を被《かぶ》せられたらしい――頭から足の先まですっぽりと包み込まれて、私はそのまま体の自由を奪われた。暗闇の中でもがき苦しむ。声を張る。けれど私の声が外に漏れ出すような気配はなかった。

「本当に色々なところで噂になってるよ、君」やがて男の声が、布袋の外から響いてくる。「特に外の国の貴族が君の身体に興味津々《きょうみしんしん》らしくてね、捕まえてこいって頼まれたんだよ」

仕事が見つかって良かったね。

暗闇の向こうで、男が笑っているような気配《けはい》がした。

◇

どうやら馬車に乗せられたらしい。

布袋から出されたとき、私の視界に映ったのは、荷台の向こうに広がる青々とした空と、どんどん小さくなってゆく国の姿だった。

「なあ、こいつ本当に三十歳なのか？」

それと体格のいい男が一人。腰《こし》にはナイフを備《そな》えていて、目つきは鋭《するど》く、馬車を操《あやつ》る御者《ぎょしゃ》に疑問を投げかけながらも、手際《てぎわ》よく私の両手に縄《なわ》を回している。布袋を被せてきたのもこの男でしょう。

「一応言っておくが、変な気を起こしたら迷わず殺すぞ」

わかりやすい言葉で私を脅《おど》してから体格のいい男は立ち上がり、御者の隣に戻った。

「大丈夫だよ。逃げることなんてできないって」体格のいい男に答えながら、遅れてこちらを振り返るのは御者――というかさっき私に声をかけてきた優男《やさおとこ》。

先ほどと同じように笑いながら、彼は語る。

「貴族のおじさんがいる国までもう少し時間がかかるから、そこでじっとしててね」

子供をあやすような口調だった。それから優男は、お腹が減ったのならば果物を好きに食べても構わないと言いながら荷台の中を指差した。

箱がいくつか置いてある。

元々、私に食べさせるために貴族が用意したものらしい。

手を縛られたままでも確かに食べることはできるけれど。

「……いらないわよ、こんなもの」

私は吐き捨てながら、荷台の隅《すみ》に腰をおろす。得体《えたい》の知れないものを口に入れる気はない。

だから食べない代わりに、尋ねる。

「私をどうするつもりなの」

「俺たちはどうもしないよ」

「私を逃がして頂戴」

「あはは！　せっかく捕まえたのに？」冗談でしょ？　と優男は笑う。「君を持っていけば、俺たちみたいな盗賊《とうぞく》でも一生食うのに困らない金が貰《もら》えることになってるんだ」

「……私にはそんな価値はないわ」

「俺もそう思うけど、世の中には君みたいな子に目がない物好きもいるんだよ」

理解できないと肩をすくめながらも、優男は続けた。「だから悪いけど、君が何と言おうと逃がしてあげるつもりはないよ」

どうすればこの窮地《きゅうち》を脱することができるのか、私は考える。

「お願い。何でも言うことを聞くから」

考えながら、二人に懇願《こんがん》する。「だから、私をここから逃がし――」

「くどいな」

優男が面倒《めんどう》くさそうな様子で、私の言葉を遮った。

それから向けられるのは、冷めた目。

「君、三十歳なんだろ？　だったら今がどんな状況なのかくらい想像つくよね？」

「……っ」

「それとも、売り飛ばされる前に一度痛い目をみないとわからないのかな」

私が色々な国で人を訪ねて回り続けた弊害《へいがい》かもしれない。

男たちは、私の体を蝕《むしば》む病について、よく知っていた。

「お前、どんな傷でもすぐに治るんだろ？」体格のいい男がナイフに手を添えながらこちらを見つめる。「何なら今ここで試してやってもいいんだぜ」

「……やめて」

「だったら大人しくしていることだな」

「…………」

俯《うつむ》き、私は沈黙《ちんもく》を返す。

「俺たちが優しい盗賊でよかったね」

優男の嘲笑《あざわら》う声が耳には響いた。「じゃなかったら今頃、君で遊ん――」

がたん。

言葉を遮るように、そのとき馬車の荷台が跳《は》ねた。積まれていた箱の一つが崩《くず》れて中から林檎《りんご》が吐き出される。

「……でかい揺れだったな。何か踏《ふ》んだか？」

馬車が止まったのは、体格のいい男がそう呟いた直後のことだった。

手綱《たづな》を握《にぎ》る優男が急停止させたらしい。

「おい、何で止める」体格のいい男が不満げな様子で語っていた。

「ちょっと怪しい音だったから。外を確かめてくる」

「別に見なくてもいいだろ」

「俺は慎重なんだよ」

優男はそれから馬車を降りた。進む先の視界がほんの少しだけ開ける。のどかな平原がずっと先まで続いていた。本来ならばこれから先、長らく見続けるはずだった景色。もう見納めなのかもしれないと思えば思うほど、鮮《あざ》やかで尊《とうと》いものに見えた。

ほどなくして優男は戻ってきた。肩をすくめながら、「何もなかったよ」と嘆息《たんそく》を漏らす。

「だから言ったろ」

ふん、とつまらなそうに体格のいい男が返事してから、優男は再び馬車を走らせる。荷台の林檎がころころ転がり、やがて女の足元で止まった。

「えっ、林檎じゃん。ラッキー」

女はその場でしゃがむと林檎を拾《ひろ》い上げ、服の袖《そで》で拭《ぬぐ》ったあとにひと齧《かじ》り。「は？　不味《まず》っ」と顔をしかめてそのまま捨《す》てた。

…………。

いや誰？

私は突然現れた女よりもいっそう顔をしかめていた。

見た目は恐らく二十代半《なか》ば程度。ウェーブのかかった白い髪に、空色のワンポイントカラー。身にまとうのは白色のローブと、青いリボンをあしらった三角帽子――魔法使い。服の上からでもわかる程度にスタイルはよく、再び立ち上がりながら彼女は誇《ほこ》らしげに胸を張っていた。

ついでに顔も自信満々だった。

「こほん！」

と咳払《せきばら》いしながら、青の瞳が見つめる先には私を攫《さら》った二人の男。気づいてほしそうな顔をしていた。

「……！　な、誰だてめえ！」

「一体どこから乗ってきたんだ！」

そして案の定、気づかれた。体格のいい男と優男がそれぞれ身構えながらこちらを向いていた。

「ははははは！　バレてしまったなら仕方ない！　こそこそするのはやめてやろう！」

自らバレに行ってたじゃないの。

と白《しら》ける私の横で彼女は髪を靡《なび》かせ、ローブを翻《ひるがえ》し、無駄に声を張り上げる。

「君たちは人攫《さら》いだな？　歳をとらない女の子を攫って売り飛ばすとは何たる下劣《げれつ》！　この卑怯者《ひきょうもの》め！」

どうやら私の噂は目の前の魔法使いにまで広まっているらしい――彼女はそれから私に一瞥《いちべつ》をくれたのちに、懐《ふところ》から杖《つえ》を一本取り出す。「本来ならば今すぐにでもこの場でお前たちを仕留《しと》めたいところだけど――私はいかなる悪人であっても一度はやり直す機会があって然《しか》るべきだと思ってるんだ。だからチャンスをあげる」

男二人が静かに顔を見合わせ、静かに武器を構える。

その様子に気づくことなく、彼女は堂々《どうどう》と語り続ける。

「もしも反省《はんせい》する気があるなら今すぐここから降りるといい。今なら許してあげるから」

そして悠長《ゆうちょう》に彼女が喋《しゃべ》り続けた直後だった。

「ここで引き下がるわけねえだろ！」

体格のいい男が駆《か》け出す。

「馬鹿《ばか》め！」

遅れて優男も武器を手に取った。

散々私に語っていた通り、私を攫えば一生困らないくらいの金を手に入れることができるのだから。

逃げるつもりなんて更々《さらさら》ないらしい。

だから魔法使いは笑いながら二人を迎えた。

「馬鹿はてめーらだよ」

そして杖を振るう。


「すみませんでした……」

気がついたときには馬車から降ろされた男たちが座り込んでいた。ただの盗賊では魔法使いに対して勝ち目は皆無《かいむ》らしい。

「反省した？」

にこりとしながら尋《たず》ねる魔法使い。その手に既に杖はない。けれど彼女に対する恐怖心が一瞬《いっしゅん》で刷り込まれたようで、男たちは「は、はいっ……！」と互《たが》いに声を潜《ひそ》めながらも頷いた。

「よく聞こえないなぁ」

「反省しましたっ！」

「よしっ！」

じゃあもう行っていいよ、と魔法使いは手を挙《あ》げる。

途端にあわわわと慌《あわ》てながら、男たちは駆け出し、馬車に乗る。私のことも、お金のことも忘れて馬を操《あやつ》り、それからあっという間に見えなくなった。

見納《みおさ》めだと思っていた平原の中で私は息を吸う。まだ、生きている。

「怪我はない？」

私の隣で魔法使いが首をかしげる。背が高い。見上げて「大丈夫《だいじょうぶ》です」と頷くと、彼女はおかしなものを見るように吹き出した。

「敬語は使わなくていいよ。君は私よりも年上でしょ」

まあ確かに一目見た時から年下だと思ってたけど。

「私のことを知っているの？」

「不老不死《ふろうふし》の十四歳でしょ」

「不老不死と呼ばれたことなんてないわ」

「若い姿のまま歳を取らない。怪我をしてもすぐに治る。そういう人を俗《ぞく》に不老不死って言うんだよ」

「…………」

「だから色々な人が君のことを探してる。ちょっとアレな性的嗜好《せいてきしこう》の持ち主だったり、もしくは金儲《もう》けをしたいだけの盗賊だったり」

「あなたは何なの」

「君の体に惹《ひ》かれた好奇心旺盛《こうきしんおうせい》な魔女《まじょ》さんだよ」

魔女。

言われてようやく気づく。彼女の胸元から、星をかたどったブローチが――魔法使いの中でも特に優れた力を持つ者にのみ与えられる象徴《しょうちょう》が下げられていた。

「私は元々研究者でね、特別な人間というものに目がないんだ。君みたいな不老不死なんかも同様にね」

「…………」

それから沈黙《ちんもく》を返してみせた私に、彼女は言った。

「君のこと、研究させてくれないかな」

ひょっとしたら、研究の過程で君の不老不死の謎が解けるかも――と、彼女は軽い口調で言葉を並べる。

その提案は、彼女の言葉は、つまり。

「私の不老不死を解けるかもしれないってこと？」

「場合によってはあり得るね」

半信半疑《はんしんはんぎ》だった。

攫われた直後ということもあって私は少し戸惑《とまど》った。けれど彼女は命の恩人《おんじん》。

「私と一緒に来る気はない？」

貴族の持ち物になるよりは少しはマシな生活を送れると思うよ――と彼女は語りながら、白い手をこちらに差し出す。

嘘《うそ》をついて、私を騙そうとしているようには見えなかった。それに、どのみち私は行くあてがあったわけでもない。明日からの生活にすら困っていた。

ここで拒《こば》むような選択肢《せんたくし》が私にあるのかしら。

「…………」

だから私は彼女の手を取る。

温かくて柔らかい手。

彼女はその向こうで嬉しそうににこりと笑った。

そういえばまだお礼を言ってなかったわね。

「助けてくれてありがとう――えっと」

どなた？

名前を聞いてもいいかしら、と私は首をかしげる。

「あ、そうだった。ごめんごめん」

それから彼女はこほん、と咳払いをしたのち。

自らの名を名乗った。

「私の名前はクルルネルヴィア」

祈《いの》りの魔女と。

◇

彼女は世界中を旅する魔女なのだという。

人と出会い、物に触れ、そして研究する。それが何よりの喜《よろこ》びなのだと話してくれた。

「私の旅に同行してもらえないかな、リリエール」

旅をして色々な物や人に会いたい。けれど私の体も研究したい。やりたいことの多い彼女は結局折衷案《せっちゅうあん》として私と共に世界を旅することを選んだ。

「ええ」

私としては不満も疑問もなかった。

むしろ無料で国から国まで旅させてくれるうえに、旅費もすべて彼女持ち。私としてはこれ以上ないくらいの好待遇《こうたいぐう》だった。

私たちはそれから色々な国を巡《めぐ》った。

「はい、それじゃあリリエール。あーんして」

少し一緒にいて思ったけれどどうやら彼女は私を子供扱《あつか》いしている節《ふし》がある。

「子供扱いしないで」

お食事中、料理を私の口に運ぼうとする彼女を私は手で払《はら》いながら言い返す。

「私って人を見た目で判断するタイプなんだよね」

「だから私に敬語使わないのね」

「ははは！　敬語を使わないのは私が不遜《ふそん》な人間だからさっ！」

「自称《じしょう》する人間初めて見たわ」

少し一緒にいてわかったことだけれど――というか初めて見た時からそうだったけれど、彼女はそこそこ変な人間だった。

例えばとある国にて。

「き、君っ！　君ってひょっとしてエルフちゃん？　すごい！　初めて見た！　尖《とが》ったお耳触《さわ》らせて！　できれば撫《な》でさせて！　髪も綺麗《きれい》だね。触っていい？　触らせろ！」

道を歩いていた途中で鼻息《はないき》荒く走り出したと思ったら彼女は金髪《きんぱつ》で綺麗な女性の耳や髪を触りに触りまくった。やってることがただの変質者《へんしつしゃ》。

「い、いやあああああああっ！」

当然ながらエルフの女性は悲鳴をあげ、それからほどなくして保安官《ほあんかん》たちが何だ何だと騒《さわ》ぎを聞きつけてやってきた。

「この変質者め！」「捕《と》らえろ！」

そして普通に捕まった。

「何でー？」

ずるずると連行《れんこう》されるクルルネルヴィア。

新たな場所を訪れる度に彼女はおかしなことばかりしていた。

とある山に立ち入ったときのこと。地元の人と仲良くなったクルルネルヴィアは一緒に山菜《さんさい》取りをして、ついでに毒キノコも取った。

それは危《あぶ》ないから捨てなさいと慌てる地元の人に、彼女は言った。

「そうなんだ！　せっかくだから食べてみるわ」

食べた。

「ごはぁっ！」

倒れた。

そして三日三晩《みっかみばん》彼女は生死の境《さかい》を彷徨《さまよ》った。

とある国では狐《きつね》っぽい獣人《じゅうじん》と遭遇《そうぐう》した。

「君かわいいね。耳食べていい？」

「何でですか？」

「あむあむ」

「いやあああああああああっ！」

そして普通に捕まった。

「何でー？」

そしてずるずると連行されるクルルネルヴィア。

「どうして無茶《むちゃ》なことばかりするのよ」

旅路の途中で私はそんなことを尋ねたことがある。私の隣でいつものように笑いながら、クルルネルヴィアは「そんなに無茶なことしてるかな？」と不思議そうな顔をしていた。自覚がないらしい。

「そのうち死ぬわよ」

「ふふふ。簡単には死なないさ。何故《なぜ》なら不老不死の女の子を研究してるからね！」

「そうなの。で、成果は？」

「どう思う？」

「あんまり出ていないように見えるけど」

「ふふふふ……」

怪しげに笑うクルルネルヴィア。それから彼女は飲むと死ぬと言われている呪《のろ》いの水をがぶ飲みした。

「ごはぁ！」

結果、三日三晩寝込んだ。

大体いつもそんな感じ。

退屈《たいくつ》さとは無縁《むえん》の毎日だった。


彼女は変なことばかりしていたけれども、合間《あいま》で私の体についても調べてくれていた。事あるごとに体を触られたし、色々な薬も飲まされた。

「どうやらリリエールの体は怪我だけじゃなく病気にも罹《かか》らないみたいだね。何となくそうなんじゃないかって思ってたけど」

「そうなの？」

「うん。だって今飲ませた薬って全身が緑色になる薬だもん」

「そうなの」手が出た。

「い、痛い！　叩かないでぇ！」

一定の場所に留まることのないクルルネルヴィアが私の体を調べるのは、決まって宿屋の中。

どうやら研究資料を残しているらしく、私の身の上についても色々と聞かれた。

「出自《しゅつじ》について教えてくれる？　あ、別に嫌だったらいいけど」

「別に嫌じゃないわよ。そんなに特別な出自でもないけど」

旅に出ることになった経緯《けいい》を私は簡潔《かんけつ》に語った。

「なるほど」

彼女はその言葉一つひとつを丁寧に拾い上げてメモにまとめる。「リリエールという少女は周りから不気味《ぶきみ》がられて孤立《こりつ》した可哀想《かわいそう》な少女だった――」

「でたらめじゃないの」私そんなに不気味がられてないけど。

「こういう研究資料って同情誘える要素があると研究費もらえたりするんだよ」

「したたかなのね」

嘆息しながらクルルネルヴィアを眺《なが》める私。

彼女はペンを走らせる。

「……この女性はいかなる病に罹っても、いかなる怪我を負っても決して息絶《いきた》えることはなかった。それどころか異常な回復速度で瞬《また》く間に瀕死《ひんし》の状態から蘇《よみがえ》ってみせた――」

「私、瀕死になるくらいの経験をしたことないけど」

「研究ってのは少々大袈裟《おおげさ》に書くもんなんだよ」

「そういうものなの？」

「そういうもんなの！」

彼女はペンを走らせる。「私が出会った時点で女性の年齢は四十を迎えるところだった。しかしその見た目はおおよそ二十代といったところで——」

「私、二十代に見えるの？」

「研究ってのは多少の嘘《うそ》と誤魔化《ごまか》しでできてるんだよ」

彼女は色々と適当だった。

けれど不思議なことに彼女と一緒にいれば、私の体の謎《なぞ》が、いつかわかるような気がしていた。

どうしてそんなふうに思ったのかは、自分でもわからない。

ひょっとしたら、私もまた、彼女と同じように色々と適当になっていたのかもしれない。

「へいへいリリエール。ちょっとこの薬飲んでみて」

「これはどんな効果の薬なの」

「飲むまで秘密さ！」

「…………」

私は無理やり彼女に飲ませた。

「全身が無駄に発光する薬です」

途端に全身が無駄に光り輝くクルルネルヴィア。

「眩《まぶ》しいわ……」

呆れながら私は彼女に目を細める。

それが眩しかったからなのか、それとも楽しくて笑っていたのか。

どちらなのかは、自分でもわからない。

ある日に泊まった宿で、彼女は尋ねる。

「リリエールってさ、魔法使える？」

「使えないけど」

「えー？　マジで？　試してごらんよ。杖貸してあげるから」

ほい、と彼女は私に杖を手渡す。古びていて、けれど綺麗な杖。私を救ってくれた杖。

「……えい」

言われるがままに私は振るってみせた。

「…………」

「…………」

案の定というか、何というか。

何も起こることなく、宿の室内はしんと静まり返っていた。

「ダメかぁ……そっか」

いつもならば期待通りの結果にならなくてもへらへらと笑っているクルルネルヴィアが、その時だけは残念そうな表情をしていた。

当時の私にはその理由がよくわからなかったけれど。

きっと彼女としては、私が魔法を使えたほうがよかったのでしょう。

私たちが出会ってからおおよそ一年の歳月が流れた頃のことだった。

「リリエールの体のこと、色々わかったよ」

とある国にて。

いつものように宿の中で雑談程度に言葉を交わしながら私の体を調べていたとき、クルルネルヴィアはあっさりと語った。「厳密《げんみつ》に言うとリリエールの体は不老不死じゃあないね」

不老不死じゃない？

「……どういうこと？」

いまいち理解が追いつかず、怪訝に首をかしげる私。

クルルネルヴィアはこれまで私の体を調べた中で書いてきた資料の数々に目を通しながら、簡潔《かんけつ》明瞭《めいりょう》に語る。

「リリエールの体はほんの少しずつだけど、ちゃんと老《お》いていってるよ。体質のせいで加齢《かれい》が遅れちゃってるみたいだけど」

「体質？」

「そ」

曰《いわ》く異常に早く治る怪我も、病気も、そして十四歳で止まってしまった成長も、すべては体質のせいなのだという。

一体どういうことなの――私は首をかしげて彼女の言葉を待つ。

やがて彼女は、私の体を指差しながら一言だけ語った。

「魔力消費体質」

それが私を不老不死に近い生き物に変えている体の正体なのだと。

◇

これまでに例のない体質をクルルネルヴィアは魔力消費体質と名づけた。

体質の特徴は言葉が示《しめ》す通りらしい。

「まず大前提《だいぜんてい》として、魔法使いは体に取り込んだ魔力を消費することで魔法を使っているの。魔力は自然界に多く溢《あふ》れていて、主に木々《きぎ》が発することが多い。だから魔力の溢れる森の中では少しだけ強めに魔法を使うことができるんだ」

唐突《とうとつ》に始まった魔法の講義。

戸惑いながらも静かに耳をかたむける私をよそに彼女は語り続ける。

「魔法使いが扱う魔法の用途《ようと》は多岐《たき》にわたる。攻撃や防御、薬などなど。正直に言えばできないことはほとんどないと言っても過言じゃない」

「怪我をすぐに治すこともできるの？」

「不可能じゃないよ」

彼女はこくりと頷く。「そしてリリエールの体は、それを勝手にやってしまっているらしい」

だから魔力消費体質と名づけたと、彼女は言った。

体が魔力を勝手に摂取《せっしゅ》して、そして勝手に怪我を治し、勝手に病気も治し、ついでに成長すらも止めてしまうのだと彼女は結論づけた。

だから私は、見かけ上は不老不死のように見える。

「リリエールが自分で魔法を使うことができれば——魔力を消費することができれば、ひょっとしたら体の成長を進めることもできたかもしれないんだけどね……」

残念ながら私は魔法を使うことができない。

魔法が使えないのであれば、体が治癒《ちゆ》のために勝手に魔力を使うことを抑えることもできない。

「つまり私の不老不死を止める手立てはないということ？」

「………」

人々と共に歳を重ねる術《すべ》はないのか。

「クルルネルヴィア」

私の生涯《しょうがい》はいつまで続くのか。終わりはないのか。不安が渦巻《うずま》く頭で、縋《すが》り付くように尋ねていた。

やがて彼女の視線が私を捉える。

「私の夢の話を聞いてくれるかな」

「夢？」

って何。

唐突な言葉に私は虚《きょ》をつかれていた。

「私はね、国を作りたいと思ってるんだ」

明るく冗談を語ってばかりだった彼女がその時浮かべていた表情は今まで見たことがないくらいに静かで、穏やかだった。

「一度道を誤って、人々から迫害《はくがい》された人でも、他人と同じ時間を歩めなかった人でも、平和に暮らせるような国を作りたい。身分も種族も関係なく、笑い合える国を作りたい」

そして彼女は夢を語り続ける。

「私が作る国の中には魔法は不要《ふよう》だと思っていてね、だから随分《ずいぶん》前から、魔力を強制的に吸い上げて人のために使う機構を作ってるの。まだ途中だけどね」

「……！」

私は顔を上げていた。

その言葉が事実ならば。

「奇《く》しくもリリエールの体は魔力を自動で吸収し、使用する機構を備えている。私が理想とする国そのものと言ってもいい。だから私は隅々までリリエールの体を調べたい。研究したい」

そしてもしもクルルネルヴィアの研究が身を結ぶことになれば——。

彼女は言った。

「もしかしたら、私ならリリエールの寿命《じゅみょう》を普通の人間に近づけることができるかもしれない」

だから、一緒に来てくれない？

彼女は私に問いかける。

目と目があって、それから私は頷いた。

「当たり前じゃない」

ここで拒むような選択肢が私にあるのかしら。


国の建設は私と会うより随分と前から具体的に計画していたものらしい。ほどなくしてクルルネルヴィアは私を連れて、とある島を訪れた。

春になれば桜《さくら》が咲き、夏は緑が生い茂《しげ》り、秋は紅葉《こうよう》、冬になれば雪が降る。季節ごとに違った景観を楽しむことができるのは、クルルネルヴィアが各地を渡り歩いていた時に美しい物を拾い、ここに集めてきたからだという。

「……お待ちしておりました、師匠《ししょう》」

島の港で私たちを迎え入れたのは、彼女の弟子《でし》。それと多くの仲間たち。獣人、エルフ、魔法使いにただの人。身分や種族に共通点は一つもなかった。

クルルネルヴィアが諸外国を回って研究をしている合間に、彼らは島内の開発を進めていたらしい。既に人間が生活するためには十分な程度に家や田畑が整備されていた。

「ちなみにこの国の名前は祈りのクルルネルヴィアって言うんだよ」

まだ作ってる最中の国を指差しながら、彼女は笑っていた。

「何で自分の名前なのよ」

「だってその方が格好《かっこう》いいじゃん」

やっぱり彼女は色々と適当だった。

国の仕組みができるまでそれから五年ほどの歳月がかかった。

島に来てから本格的に私の魔力消費体質を研究したことで、彼女の国に仕組む機構の完成を早められたらしい。

◇

「予想通りリリエールの体と同じような機構を島に組み込んでみたら上手くいってね、今はこの通り」

島の中央、大聖堂《だいせいどう》にて。

クルルネルヴィアは誇らしげに立っている。

ちょうど真後ろに置かれたクルルネルヴィア像と同じようなポーズで。

「こいつがあるおかげでこの国では魔法は使えない」

人の体に入るはずの魔力をすべて吸い上げる機構。クルルネルヴィア像は魔力を吸収し、利用する仕組みの根幹《こんかん》だった。

完成したのは喜ばしいけれど。

「何で自分の像なのよ」

「だってその方が格好いいじゃん」

「相変わらず適当なのね……」

肩をすくめる私。

相変わらず十四歳の姿のままだったけれど、クルルネルヴィアの想定が正しければ、今日から普通に歳を重ねることができるようになる――。

呆れた様子を浮かべながらも、私は安堵《あんど》に息を漏らしていた。

「ちなみに、吸い上げた魔力の使用法に関しては前々から色々と意見が割れていてね、私の弟子からは未だに猛反発《もうはんぱつ》されてるんだけど――見てくれるかな、リリエール」

言いながら彼女は三角帽子を手に取る。

いつも彼女が被っていた物。

「それがどうかしたの？」

「これ、吸い上げた魔力の使い道になってるんだよ」

「……？」

使い道？

別に特別な物には見えないけれど……と私は首をかしげる。

「ふふふ……これを見ても同じことが言えるかな……！」

得意げな顔をしながら、彼女は手にしていた帽子を被った。

直後だった。

――彼女の姿が、消えた。

「はっ？」

辺りを見渡す。クルルネルヴィアの姿はどこにもない。広い大聖堂の中で私と像の二人きり。一体どこに消えたの？

『ふふふ……凄いでしょ！』

えへんとどこかで彼女が胸を張っている気がする。

「どこにいるの？」

『ここ』

声は私の真後ろから。

いつの間にか移動していたらしい。振り返れば得意げな顔をした彼女が私を見ていた。

その手には三角帽子が一つ。

「魔法とは似て非《ひ》なる力を持った物。こいつを私は祈物《れいぶつ》と名づけた」

無駄に格好つけながら彼女は宣言していた。

祈物。

それは魔法のような力を備えた物のことを指す言葉。祈りのクルルネルヴィアの中央に備えた大聖堂で祈りを捧《ささ》げることでごく稀《まれ》に生まれる代物《しろもの》。

三角帽子は『透明になりたい』と願いながらクルルネルヴィア自身が祈りを捧げた結果できたものだという。

「こいつを使えば誰でも魔法のような力を享受《きょうじゅ》することができる。誰でも不便《ふべん》を解消する手段を手に入れることができるようになる」

どう思う？　とクルルネルヴィアは私に問いかける。

いわば祈物は人種や種族の間にある身体能力の差を埋めるための唯一無二《ゆいいつむに》の道具と言ってもいい。彼女の理想である平等な国にはふさわしい物と言えるかもしれない。

「いいじゃない」

私は頷きながら彼女に視線を返していた。言葉に嘘偽《うそいつわ》りはない。懸念点《けねんてん》が一つあるとするならば、便利な道具には代償《だいしょう》も伴《ともな》うこと。

「祈りをなかったことにすることができれば尚よいと思うわ」私は言った。

「やっぱり必要かな」

「大きな力には代償が伴うものよ。途方もない願いを祈物によって叶えて国を無茶苦茶《むちゃくちゃ》にしようとする者だって現れるかも」

「弟子にも同じようなこと言われたよ。魔法の力は魔法使いの手にのみあるべきだって」

「強大な力に人が惑《まど》わされないかが心配ね」

「私は皆が悲観《ひかん》しているようなことにはならないと思うけどなぁ……。人間ってそんなに愚《おろ》かじゃないと思うけど」

「綺麗事に聞こえるわ」

「それも言われた」

「何て答えたの？」

「それで困ったからリリエールのところに来たんだよ」

「事情を聞いた上でも私の意見は変わらないわよ」

「祈りをなかったことにする物が必要？」

「技術的には可能なの？」

「祈物に付与された魔力は剝奪《はくだつ》できないように調整してあるんだよ。祈物にしたのにクルルネルヴィア像が吸いとっちゃったら意味ないでしょ」

「つまり？」

「現状無理」

「そう……」

それはつまり用途の間違った物を作り出してしまった場合は破壊《はかい》するしか手段がないということになる。

私はクルルネルヴィアの手から三角帽子を取りながら、嘆息を漏らしていた。

「正直に言って、これも悪用しようと思えばいくらでもできる代物だと思うわよ。祈る際に何らかの禁則事項《きんそくじこう》を求めるなりした方がいいんじゃない？」

そして私は三角帽子をかぶってみせる。

試しに透明になって、クルルネルヴィアの懐から財布でも引き抜いて見せましょうか。そうすれば彼女も祈物が持つ可能性と危険性を認知してくれるはず――だと思っていた。

のだけれども。

「……あれ？」

私の目の前で、クルルネルヴィアは首をかしげる。

三角帽子が彼女が先ほど使ってみせた通りの祈物ならば、被った時点で私の姿は透明となり、見えなくなるはず。

にもかかわらず、彼女の目は、私の視線とぶつかっていた。

「……何で？」

首をかしげるクルルネルヴィア。

彼女はそのまま私の頭に手を伸ばし。

そして三角帽子に触れた。

見えている。

「……なんか祈物の効果消えちゃったみたいなんだけど」

何で？

彼女は私の顔を覗《のぞ》き込みながら、不思議そうな顔を浮かべていた。

「リリエールの体は貪欲《どんよく》だねぇ」

後になってわかったことがある。

祈りのクルルネルヴィアに置かれた像に用いられた機構は私の体を蝕《むしば》む病をサンプルにして作られている。

つまり私と祈りのクルルネルヴィアは似た物同士。常日頃《つねひごろ》から同じように魔力を吸い上げ続けている。

「国のために用意した魔力吸収機構はリリエールの体質を上回るように設定したはずなんだけど――どうやらリリエールが直接触れると、それを一時的に凌駕《りょうが》してしまうみたいだね」

お手上げと言わんばかりに肩をすくめるクルルネルヴィア。

わかりやすく言えば、私が祈物に直接触れると、内に籠《こ》めた魔力をそのまま吸い上げてしまうらしい。

それはつまり言い換えるならば。

「つまり私がいれば誤《あやま》った願いで生み出された祈物も消すことができるということね」

奇《く》しくも祈物という仕組みの前に立ちはだかった問題が解消されてしまった瞬間でもあった。私がいれば祈物を問題なく運用することができるようになることは間違いない。

「ひとまずクルルネルヴィアの願いを叶えられそうでよかったわ」

恩人である彼女の役に立てるのであればそれ以上に嬉しいことはないのだから。

だから私は安堵する。

けれど隣でクルルネルヴィアは曇《くも》った表情を私に見せていた。

「できれば祈物には触らないでもらいたいかな」

「祈りの成果をなかったことにされるのは心外《しんがい》かしら」

「そうじゃないよ」

「じゃあ何」

「祈物に触れるということは魔力を吸収するということでもあるんだよ、リリエール」

「…………」

それはつまり私が祈物に触れてしまえば、せっかく一時的に止めていた体内での魔力の自動利用を再開させてしまうということであり。

特に島内では魔力の吸収を強引に止めていることもあり、祈物に纏《まと》っている魔力を吸い上げたときにどのような反動が待っているのかはわからないという。

「君は人の祈りを取り消す限り、一生死ねなくなってしまうかもしれない」

だから祈りは取り消さないでほしい、と彼女は私を見据《みす》える。

「……善処《ぜんしょ》するわ」

もっとも、クルルネルヴィアが想定した通り、人が間違った祈りを捧げることがないのであれば、私もごく普通に歳を重ねて、ごく普通に天寿《てんじゅ》をまっとうすることもできるでしょう。

誰もが身分も種族も関係なく、笑い合える国であり続けることを、祈るほかない。

「リリエールが無理しなくてもいいように、他に方法がないか調べてみるね」

平和であればそれに越したことはないけれど、平和を維持する方法は多ければ多いほどいいから、と彼女は語った。

「リリエールは世話が焼けるねぇ」

何年経っても、彼女はいつも通りに私に笑いかけてくれた。

何年も前から、彼女はそうやって大事なことを隠していた。

建国をして以来、私はいつでもクルルネルヴィアの側《そば》にいた。国をまとめる長《おさ》として彼女は働き、私はその補佐《はさ》として彼女を支えた。

異変に気づいたのは、本格的に大聖堂でクルルネルヴィア像を運用するようになって、一年の歳月が流れた頃のことだった。

「……師匠はどこですか?」

その日、執務室に訪れたのは彼女の弟子。眉根を顰《ひそ》めて彼女は私を見ていた。本来いるはずのクルルネルヴィアの代わりに私が座って仕事をしていたから奇妙に思ったのでしょう。

「クルルネルヴィアなら今日は休みよ」

「……そう」

つまらなそうに頷いたのちに、弟子は執務室《しつむしつ》から出ていった。

その頃から、クルルネルヴィアは時折仕事を休むようになった。

最初は単なる風邪《かぜ》だと思った。

「大丈夫?」

後日戻ってきたクルルネルヴィアに私が尋ねると、彼女は笑いながら「へーきへーき」と答えていたから。

ただの病気ではないことに気がついたのは、それから数ヶ月後のことだった。

「クルルネルヴィア、ちょっといい？」

業務《ぎょうむ》の相談のために、私は執務室の扉《とびら》を叩《たた》く。いつもならば「はーい」と呑気《のんき》な返事があるはずなのに、その日は何の反応もなかった。

妙な気がした。

胸騒ぎがした。

私はすぐさま扉を開く。

その先にあったものに、戦慄《せんりつ》した。

「――クルルネルヴィア！」

執務室の中で彼女は書類だらけの机《つくえ》に突っ伏《ぷ》すかたちで倒れていた。

ただの病じゃない。口から漏《あふ》れ出た血がテーブルにこぼれていたから。

つい最近からおかしくなったわけでもない。

彼女の体内は、ずっと前から病に侵《おか》されていたらしい。

運び込まれた病院で意識を取り戻したクルルネルヴィア自身が教えてくれた。

「このままだと余命《よめい》あと一年くらいなんだってさ」

今まで黙っててごめんね、と彼女はいつものように軽く笑い。

そして語った。

世界中を一人旅していたのも、その途中で私を拾って体質を研究したのも、平和な国を望んでいるほかに、もう一つ望みがあったから。

彼女は私たちに笑いかけながらも、自身を蝕《むしば》む病と向き合い続けていた。

「言ったでしょ。研究ってのは多少の嘘と誤魔化しでできてるって」

◇

一度倒れてから、クルルネルヴィアは急激に弱っていった。一日をベッドで過ごすことも日に日に増えていった。

私は何度も彼女を救う方法を考えた。

いかなる怪我も病気も治せる不老不死のような私の体を使えば、治療することができるのではないかと提案したこともある。彼女は首を振った。

「いやあ、多分無理かな」

そもそも事態が明るみになった後になって私たちが慌てて挙げるような解決策を、聡明《そうめい》な彼女が思いついていないはずもない。

曰く旅をしていた時点で体の内部では既に病が進行しており、私と出会った時点で——数年後の死は決まっているようなものだったらしい。

死なないでほしいとすがりつくように延命措置《えんめいそち》を述べたてる私や弟子、国の人々に対し、彼女は穏やかに笑うばかりだった。

国から出て行き魔法で治療すべきだという声もあった。

けれど彼女は頷かなかった。

その目は既に手遅れであることを悟っていた。終わりに向かう覚悟《かくご》ができた者の顔をしていた。

それからの日々は驚くほど速く流れていった。

「師匠……、置いていかないでください……」

ベッド脇《わき》で弟子が泣きつく。クルルネルヴィアは「ははは！　大丈夫、まだまだ元気だよ」と笑い返しながら頭を撫でていた。腕が少し細くなっていた。

「クルルネルヴィア様、こちらの資料はいかがですか」

あえて今まで通りに振る舞う者もいた。ベッドで執務を続けていたクルルネルヴィアは「うん、いいんじゃない？」と頷いていた。仕事をしている時はいつもよりも少しだけ元気そうに見えた。

「へいへいリリエール。私の代わりに資料書いといて」

クルルネルヴィアと私の関係も今までと何ら変わることはなかった。

執務室が病室に変わっただけ。彼女のそばで私はいつものように仕事した。

「資料くらい自分で書きなさいよ」軽口を叩きながらも私は彼女の手から資料を受け取る。静かに仕事する私の横で、彼女は別の作業に入る。

日々はそうして春から先へと流れてゆく。

「そういえばあなたの後任は誰にするのか決めたの？」

「うん」

「もしかしてお弟子さん？」

「よくわかったね」

「彼女に務まるかしら」

「大丈夫だよ。気難《きむずか》しいところはあるけどいい子だから」

外で揺《ゆ》れる葉が緑になった。桜が散って残念だと話すクルルネルヴィアのそばに、私は枝を一本置いた。万年桜《まんねんざくら》と私が名付けた祈物。春の間も、夏になっても、いつまでも花びらを咲かせ続ける桜だった。

「綺麗だね」

「ええ。私たちと違って、枝だけはずっと春のまま時間が止まってるわ。そういう祈りを込めたから」

「……そういえばリリエール、ちょっと背が伸びた？」

「ふふふ、気づいたようね。成長期みたい」

「未来があっていいですなぁ」

「笑えないジョークね」

「苦笑してくれるのはリリエールだけだよ」

夏が過ぎて秋になった。暑さは残り、けれど少しだけ肌寒《はださむ》い。窓を開けたり閉めたり、毎日のように繰り返した。私たちはいつでもずっと一緒にいた。

「私の夢の話を聞いてくれるかな」

「前に一度聞いたわよ」

「その続きだよ」

「別にいいけど……何？」

「…………」

「何よ」

「なんだったっけ……忘れちゃった」

やがて閉ざされた窓の向こうが雪で埋め尽くされる。

白に染まった景色を眺める彼女の瞳は退屈《たいくつ》そうに見えた。私が手を握ると、眉根を寄せながら「すっかり大人な手になったねぇ」と笑った。本当は彼女の体が痩せ細っただけなのに、私は「成長期だから」と笑い返していた。

「寒いね」

「ええ」

「もう一枚毛布をもってきた方がいいかしら」

「ううん」

「でも寒いでしょう？」

「ここにいて」

「……ええ」

白色に包まれていた街が再び色彩《しきさい》を取り戻す。遮られていた人々の営《いとな》みが再び蘇《よみがえ》る。窓を開ければ穏やかな日差しと花の香りが病室を包み込む。新しい日々の始まりを喜ぶように小鳥の鳴き声

が通り過ぎてゆく。

春が来た。

「見て、クルルネルヴィア。今年も桜が咲いたわね」

「――――」

「クルルネルヴィア？」

開けた窓の合間から桜の花びらが舞い落ちる。

その日、クルルネルヴィアは目を覚まさなかった。

◇

クルルネルヴィアの遺体《いたい》を納めた棺《ひつぎ》は島の墓地《ぼち》へと運び込まれた。

彼女への最後の別れとして多くの民が集まり、涙を流した。啜《すす》り泣く声がそこら中から漏れていた。堪《こら》えきれずにその場でへたり込む人もいた。

その場で泣いていなかったのは私と、そしてクルルネルヴィアの弟子だけだった。

「……リリエール」

隣で立ち尽《つ》くす彼女は、棺を見つめながら私に声をかける。

「師匠はわたくしに何か言っていましたか？」

弟子である彼女はクルルネルヴィアが病床《びょうしょう》に臥《ふ》した段階で彼女の業務の大半を肩代わりしていた

から、共に過ごす時間はほとんどなかった。

私は頷く。

「伝言《でんごん》を一つ預かってるわ」

「何？」

「後をよろしく頼むって」

「……そうですか」

私たちは決して泣くことはなかった。

悲しくないわけではない。

辛くないわけではない。

それでも涙がこぼれないのは、私たちが彼女に後を託されたから。

「あなたの方は何か言われましたか？」

「ええ」

「彼女は何と？」

「…………」

答える代わりに、私は口をつぐんで瞳を閉じる。

そうすればいつでも彼女と会えるような気がした。

クルルネルヴィアと過ごした日々が、頭の中で蘇る。

「……思い出した」

記憶の中のクルルネルヴィアがぽつりと呟く。それは病室の窓から季節の移り変わりを眺めていた日々の中、夏が過ぎて景色がすっかり色褪《いろあ》せた頃のことだった。

私は首をかしげる。

「何を？」

「私の夢の話の続き」

「聞かせて」

ほんの少し身を乗り出す私。

彼女は表情を和《やわ》らげながら、語ってくれた。

「私はね、ずっと願ってたんだ。一度道を誤って、人々から迫害された人でも、他人と同じ時間を歩めなかった人でも、平和に暮らせるような国を作りたい。身分も種族も関係なく、笑い合える国を作りたいって」

「言ってたわね」

そして彼女は実現した。

私たちが今いる祈りのクルルネルヴィアはまさしく彼女の願いを体現《たいげん》したものになっている。

「でも、そこに私の姿はない。この国の発展を見守ることも、民を支えていくこともできない」

ずっと前から病を患《わずら》っていた彼女。

「だから祈物を作ったんでしょう？」

「そうだね」

祈りを捧げ、叶える仕組みは彼女が生きた証《あか》しであり、この国の象徴《しょうちょう》そのもの。

彼女の代わりに国の発展を見守り、支えるものといってもいい。

彼女そのものといっても過言ではない。

「リリエール」

「何？」

彼女は言った。

「私がいなくなったあと、代わりに祈物を見守ってあげてくれないかな」

「見守るって何よ」

「言葉の通りの意味だよ」

窓の外の景色へと視線を向けるクルルネルヴィア。「人々が祈物と適切な距離を保てるように見守ってあげてほしい」

「……どういうこと？」

「時間が経てば、祈物の使い方を忘れてしまう人が出てくるかもしれない。頼れるものにも頼らず苦しむ人が出てしまうかもしれない。もしかしたら悪さのために使う人も出てくるかも。そんな世の中にならないように、使い方を示してあげてほしい」

祈物を利用するのではなく、祈物で生活に寄り添う。それが祈物と人の適切な距離なのだと彼女は語る。

「じゃあ祈物を取り扱う店でも開こうかしら」

「それいいね」

楽しそうな様子で彼女は頷く。

祈物を扱う店があれば、祈りを捧げなくとも願いを叶える物に出合える割合だって増えてゆく。

不平等を和らげる手段が多ければそれだけ救われる人も増えるはず。

祈物を回収する業務に就《つ》けば、悪事を働こうとする者を捕らえることもできるはず。

「ここから先の未来、お願いできるかな」

「…………」

やはり私の答えは決まっていた。

彼女の願いを拒《こば》むことなどありえない。

「当然よ」

だから私は彼女の手を取る。

温かくて柔らかい手。

彼女はその向こうで嬉しそうににこりと笑った。


「……お互い、大変な仕事を与えられてしまったみたいですね」

さりげなく苦笑《くしょう》しながら、クルルネルヴィアの弟子が語る。

彼女は国の運営を。そして私はその行く末を見守ることを、それぞれ託された。光栄なことであり、けれど同時に多大な重圧《じゅうあつ》が私たちの背中にのしかかっていた。

涙を流す暇などないほどに。

「大丈夫？」

私よりも特に国の運営を任された彼女のことが心配でならなかった。「よければあなたの補佐をしましょうか。私、クルルネルヴィアの手伝いもしていたし、役に立つはずだけれど――」

だからそんな風に提案した。

けれど彼女は、首を振っていた。

「結構ですわ。わたくしは一人で大丈夫」

そしてこちらを見つめて、語りかける。「あなたはあなたの役割をまっとうしてください、リリエール。きっと師匠もそれを望んでいるはずです」

「………………」

その言葉からは私に対する配慮《はいりょ》よりも拒絶《きょぜつ》が漏れていた。

誰かに側にいてほしいのではなく、誰にも側にいてほしくないと彼女の黒い瞳が語っているように見えた。

一人で大丈夫だと言うのならば無理に世話《せわ》を焼くこともないでしょう。

「助けが必要になったらすぐに呼んで頂戴」

「ありがとうございます」

当たり障《さわ》りのない感謝の言葉を返したのちに、彼女は踵《きびす》を返して歩き出す。眺めているうちに背中はすぐに小さくなって、見えなくなった。

その後、クルルネルヴィアの弟子は正式に二代目の国王として私たちの国を統《す》べることとなる。

喪服のような黒い衣装を身に纏《まと》い、瞳も黒く、漆黒《しっこく》の髪をまとめているのはクルルネルヴィアとお揃いの青いリボン。

全身のほとんどを黒く染めている彼女の名はカレデュラ。

悪意に満ちた祈物を売る古物屋と同じ名前の女性だった。

## 第八章

# 夜

「助けていただき、ありがとうございました……」

季節《きせつ》が移り変わり、夜の訪《おとず》れが早くなったらしい。

古物屋《こぶつや》の扉《とびら》を開いたままボクとリリエールさん、そしてイレイナさんにそれぞれ深くお辞儀《じぎ》をする男性客の向こう側は、既《すで》に星々が瞬《またた》いている。

「今度から気をつけるのよ」

白い手を振りながら、リリエールさんは涼《すず》しい顔で彼に応じる。

そんな彼女に頷《うなず》く代わりに再度お辞儀をしてから、男は夜の闇《やみ》の中へと消えていった。

静まり返った店内に、からん、と鈴《すず》の音《ね》が鳴り響く。顧客《こきゃく》が誰もいなくなった途端《とたん》、緊張の糸がぱったり切れて、リリエールさんは深く深くため息をついた。

「疲《つか》れたわ……」

ソファに腰《こし》掛けて、天井《てんじょう》を仰《あお》ぎ見る。

解呪《かいじゅ》をした直後はいつも疲労感《ひろうかん》が襲《おそ》ってくるらしい――彼女は手袋《てぶくろ》を嵌《は》め直しながら、ボクに
「紅茶《こうちゃ》をくれる？」と尋《たず》ねる。

「喜《よろこ》んで！」

労《ねぎら》いの気持ちも込めつつボクは急いで紅茶を淹《い》れた。ここぞとばかりにてきぱきと仕事するボクの後ろでイレイナさんは、

「今日は早めに店じまいしますか」と首をかしげる。お疲れの様子のリリエールさんを慮《おもんぱか》っているのでしょう。

「そうね」

もうすっかり夜だし――と彼女は窓の外へと目を向ける。

「さっきのお客さんが来たときはまだ夕方でしたもんね」

もうすっかり秋ですねぇ、なんて言いながら、ボクはティーカップを三つ、テーブルに置いた。

さっきのお客さん――フリオと名乗る男性がお店の扉を開いたのは、ちょうど一時間ほど前のことだった。

「あのう……、何か、何か、俺を助けてくれるような祈物《れいぶつ》は、ないですか……？」

お店の中をふらふらと彷徨《さまよ》ったのち、彼はボクにそんなことを尋《たず》ねていた。漠然《ばくぜん》とし過ぎている。助けてくれる祈物と言われても困っちゃいますよね。

顔色も悪かったし、ボクは一旦《いったん》、彼を座らせて事情を尋ねた。今日はどうしたんですか？　何かお困りですか？　質問を重ねるボクの様子はまるで主治医《しゅじい》のよう。

「うう……」

ひどく疲れた様子で、フリオさんは自らの事情を打ち明けた。

仕事を何度も何度もクビになる。頑張《がんば》っているのに誰も自身の働きを認めてくれない――先日ま

では祈物を使って仕事を上手《うま》く処理《しょり》できていたが、古物屋が在庫を切らしてしまった。途方に暮れて今は各地の古物屋に尋ねて回っているらしい。

「この店に……見返《みかえ》り煙草《たばこ》はありませんか……？」

もしくはその代わりになるような祈物でもいい。とにかく、自身を助けてくれるような祈物がほしくてほしくてたまらないのだと彼は話した。

そんな彼の肩《かた》に手を置いたのが、リリエールさんだった。

「あなた、呪《のろ》われてるわよ」

彼女は鋭《するど》い目でフリオさんを見下ろしていた。「見返り煙草は使うことで、煙草とそのにおいが注目の的《まと》になる祈物。吸《す》っている本人も同様に、見返り煙草ばかりに気を取られるようになるのよ」

使えば使うほど、見返り煙草のことが気になって仕方なくなる。そういう祈物なのだと彼女は語る。

お店に入ってきた時から、彼にまとわりついている濃厚《のうこう》な呪いの気配《けはい》に気づいていたらしい。それからリリエールさんは再びフリオさんに詳《くわ》しい事情を尋ねた。

「あなたに祈物を売ったのは誰？」

彼は口を開く。

「古物屋カレデュラです……」

ボクたちはその名前を知っている。

人を不幸に陥《おとしい》れるために祈物を売る者。どこからともなく現れて、いつの間にか消えている、この国の悪夢《あくむ》。

「そう」

リリエールさんは納得《なっとく》したようにその名前に頷《うなず》いてから、手袋を外した。


一仕事終えたあとで彼女は紅茶を口にする。

「……美味《おい》しいわ」

こぼすため息にはやはり疲れが見える。

イレイナさんと話していた通り、今日は早めにお店を閉めるべきだろう。ボクはそそくさとお店の扉へと近づき、札《ふだ》を閉店の状態にひっくり返す。

こうしておけば余程のことがない限りは新しいお客さんが入ってくることはないだろう。

と思った矢先だった。

「リリエールさん、いますか」

からん、と扉が突然、開かれた。

黒い制服姿。

見知ったお顔。

保安局《ほあんきょく》。

「……アンリね」

彼の顔を見るなりリリエールさんの表情が曇《くも》った。

保安局内でも祈物絡《がら》みの事件を担当している彼がお店の扉を叩《たた》く理由は概《おおむ》ね決まっている。

「……また出たの」

「ええ」

ソファで休んでいるリリエールさんのもとへとまっすぐ向かい、アンリさんは物を一つ置いた。

「事件で使われた祈物です」

蝶《ちょう》の標本《ひょうほん》だった。

「……何ですかそれ」

イレイナさんは気味《きみ》が悪そうに顔をしかめる。

板の上で、蝶の羽根《はね》が動いていた。針《はり》に刺《さ》されていながらも、既に息絶《いきた》えているにもかかわらず、自身が死んでいることにも気づかず、再び飛ぼうとしている。

「これは本日捕《つか》まえた新人女優のストーカーが所持していた祈物です」

ボクたち全員に聞こえるように言いながらアンリさんは尋ねる。「これはどのような効果の祈物なのですか」

首をかしげて答えたのはリリエールさんだった。

「その男からは聞かなかったの?」

「聞きましたが虚偽《きょぎ》の供述《きょうじゅつ》の可能性もありますので」

「なるほどね」

息を漏《も》らし、頷《うなず》きながら彼女は視線を落とす。「これは『思い出に導《みちび》く標本《ひょうほん》』と呼ばれている祈物よ。会いたい人を想いながら針を抜けば蝶がそこまで案内してくれる。人探しにはうってつけの代物《しろもの》ね」

「なるほど」

男から聞いた話との相違点《そういてん》はなかったらしい。満足げにアンリさんは頷いている。

しかし気になるのは祈物の出どころ。

あまり健全《けんぜん》な祈物とは言い難《がた》い。

「こんなもの、どこから買い取ったのよ」

尋ねながらも、きっとおおよその想像はついていたことだと思う。

「喪服《もふく》の女からだそうです」

「…………」

答えるアンリさんにリリエールさんは無表情でうなずいていた。どころか少しうんざりとしているようにも見えた。

一日に二度も聞きたいような名前じゃない。

「この祈物、あの女を追うために利用できないものでしょうか」

アンリさんが今日ここにきた理由はただの報告のためだけじゃなかったらしい。蝶の標本を指差しながら、「既にカレデュラは行方《ゆくえ》をくらましています。……この祈物を使えば、彼女のもとまで我々を導いてくれるのではないでしょうか」。

「無理ね」

彼女はあっさりと首を振る。「この標本ではあの女を追うことはできないわ」

「そうなのですか……？　でも一体なぜ……？」

会いたい人を想いながら針を抜けば導いてくれる――リリエールさんが直前に言った説明と相反《あいはん》している。

怪訝《けげん》な表情を浮かべるアンリさん。

リリエールさんは淡々《たんたん》と言った。

「あの女は普通の人間じゃないもの」

漠然としたその説明に、その場にいた誰もが黙《だま》った。

普通の人間じゃないから簡単に他人を不幸に陥れるし、普通の人間じゃないから何年も何年も保安局やリリエールさんから逃げおおせられている。

理由としてはたしかにそれで十分なのだろうけれども。

「……カレデュラって、何者なんですか」

自然とボクの口から言葉が漏れていた。

これまでカレデュラのせいで不幸になった人間を何人も見ている。

ついさっきお店に来たフリオさんだってそうだし、フレイアだってそう。人の心を弄《もてあそ》んで、本人は今も呑気《のんき》に街のどこかに隠れてる。

ボクはそれがどうしても納得できなかった。

「…………」

きっとリリエールさんは何か知っているのでしょう。

重く黙ったあとで、今日何度目かのため息を漏らした。

「話せば長くなるわ」

「教えてください」

「…………」

彼女は頷く。「じゃあ、少し昔話をさせてちょうだい」

それから言った。

古物屋カレデュラ。

普通の人間じゃない彼女が生まれるまでの物語。

「あなたはあなたの役割をまっとうしてください、リリエール。きっと師匠《ししょう》もそれを望んでいるはずです」

わたくしは一人で大丈夫《だいじょうぶ》。

自分自身に念《ねん》じるような気持ちでカレデュラは自らの髪《かみ》に触《ふ》れる。

髪を留《と》める青いリボンは一人前の証《あか》し。カレデュラが魔法使いとして成長した際にクルルネルヴィアから贈《おく》られたものだ。

対してリリエールはクルルネルヴィアが連れてきた普通の女性。クルルネルヴィアから直接指導を受けて成長してきたわけではない。

偉大《いだい》な祈《いの》りの魔女《まじょ》の弟子《でし》はカレデュラただ一人。

「助けが必要になったらすぐに呼んで頂戴《ちょうだい》」

「ありがとうございます」

当たり障《さわ》りのない言葉をリリエールに返しながら、カレデュラは葬儀《そうぎ》の場を後にする。論外《ろんがい》だった。

（あなたに頼むことなんて何もありませんよ）

カレデュラには魔女の弟子としての矜持《きょうじ》があった。

祈物《れいぶつ》がなければ今も尚《なお》、魔法使いとして力を行使することができていたはずだった。リリエールさえ来なければ、祈物は完成することもなかった。

ゆえにカレデュラは、リリエールと祈物を嫌悪《けんお》していた。

肩書《かたがき》が弟子から二代目の国王へと変わって以来、苦労《くろう》の連続だった。

初めの頃は執務室《しつむしつ》に引きこもって仕事ばかりをこなしていた。街の住民からは『二代目の国王は冷たい』と声が上がった。何事かと思えば先代のクルルネルヴィアは毎日のように街へ出て人々と関わり合っていたらしい。

弟子であるカレデュラも知らないことだった。

「……仕方《しかた》ないですね」

国王としてそのような姿が求められているのであれば致《いた》し方《かた》ないとカレデュラは街の人々の要望《ようぼう》に応えてみせた。

「国王様、どうか私の相談《そうだん》を聞いてはくれませんか」

ある日、立ち寄ったレストランの店主が彼女のもとに擦《す》り寄った。

店の隣《となり》に獣人《じゅうじん》が家を建てたのだが、夜行性の種族のようで昼間に営業しているレストランの騒音《そうおん》がうるさいと苦情が来ている。どうにかできないだろうか。店主は遠回しに国王から話をつけてくれと頼んできた。

運ばれてくる料理を待っていただけのカレデュラはわかりやすいくらいに困惑《こんわく》した。

「それは国王の仕事ではありませんし……」

そして断った。

住民一人ひとりの問題に首をつっこんでいてはきりがない。ここで首《くび》を縦《たて》に振《ふ》れば、今後何か起こる度に執務室の扉《とびら》を叩《たた》かれかねない。前例を作らないためにも断るべきだと彼女は判断していた。

「ええ？　そうなのかい？」

店主は意外《いがい》そうな顔をしてから、「前の国王様はこういう相談にも対応してくれてたんだけどなぁ……」

捨《す》て台詞《ぜりふ》を吐いたのちに彼女のもとを去った。

それから料理が運ばれてくるまでに随分《ずいぶん》と時間がかかった。

私は間違《まちが》っていないはず――自分自身に言い聞かせながら、少し冷めた料理を口にした。

後になって知ったことだが、どうやら先代の国王は本当に住民たちの悩《なや》みに耳をかたむけ、解決をしてあげていたらしい。

故《ゆえ》に街を歩く度に頼られた。

「国王様！　実はうちの畑が急に枯《か》れてしまって……原因を突き止めてはもらえませんか？」

「最近妻と不仲《ふなか》でして……」

「新しい事業を始めたんですけど全然うまくいかないんです！」

かつての国王は住民の悩みすべてに耳をかたむけていたのだろうが、カレデュラには到底《とうてい》受け入れることができなかった。

どうやら自身はクルルネルヴィアとは根本的に違《ちが》うらしい。

「それは国王の仕事ではありません」

だからすべて断った。

そんな国王の反応は、街の人々が期待していた姿とはかけ離れていた。

「前の王様はやってくれたのに……」

誰かが囁《ささや》いた。

「二代目様は冷たいね……」

誰かが呟《つぶや》いた。

目の前に立ち塞《ふさ》がる壁《かべ》を乗り越えることもできずに助けを求めてばかり。

血が滲《にじ》むような努力の果てに魔法使いとして認められてきた自身や師匠とは根本的な部分で違うのだろう――そんな考えが頭をよぎる度に、優《やさ》しかったクルルネルヴィアと同じように生きることはできないのだと思い知った。

師匠が愛した街の人々は、いつしかカレデュラの目には醜《みにく》い生き物として映《うつ》るようになっていた。

やがてカレデュラは当初《とうしょ》そうしていたように執務室に籠《こ》もるようになった。

目を向けなければ、気分を害することもないから。

既《すで》にカレデュラが国王を続けている理由は、ひとえに師匠から与えられた使命をまっとうすることだけになっていた。

執務室で仕事をするようになってしばらく経《た》った頃のこと。

いつもの日課として新聞を読んでいたカレデュラは、吐《は》き捨《す》てた。

「……本当に、愚《おろ》かしい」

一面に記載されていたのは祈物によって引き起こされた事件の概要《がいよう》。

夜行性の獣人と昼間も店を営業している店主との間には以前から確執《かくしつ》があり、耐えきれなくなった店主が大聖堂《だいせいどう》に『うるさい隣人《りんじん》が黙《だま》りますように』と祈りを捧《ささ》げたことが事件の発端《ほったん》だった。大聖堂は願いを叶え、彼の所有物《しょゆうぶつ》に力を与えた。

後日《ごじつ》、いつものように昼間に開店準備をしていたところ、隣に住む獣人が店に怒鳴《どな》り込む。仕事中だった店主はいつものように追い払う。仕事着を身に纏《まと》ったまま獣人を押し返す。不思議なことに触れた途端《とたん》に獣人は苦しみ出してその場に倒れた。異様《いよう》な事態《じたい》に人が集まる。ほどなくして獣人は呼吸困難《こきゅうこんなん》で命を落とした。

調べたところ店主の仕事着が祈物になっていた。

効果は『触れるとうるさい隣人を黙らせる』こと。

その名の通り、祈物は隣人を永遠《えいえん》に黙らせた。

祈物が人を殺《あや》めた。

やはり祈物など今の国民には過ぎた代物《しろもの》なのだと痛感《つうかん》した。

力の使い方がわからないから祈り方がわからない。祈り方がわからないから生み出した祈物で問題を起こす。

やがてカレデュラは祈物の規制を宣言した。

住民のごく一部――元々魔法使いだった者たちの一部は彼女の政策《せいさく》を支持した。支持者たちはカレデュラと共に国の転覆《てんぷく》を図る反逆者《はんぎゃくしゃ》と揶揄《やゆ》された。多くの国民にとって、祈物の規制はクルルネルヴィアが心血《しんけつ》を注いで作り上げたものの否定と同義だった。

幾度《いくど》となく非難《ひなん》の声を浴《あ》びることになった。

人々は大聖堂へと赴《おもむ》き二代目国王が失脚《しっきゃく》するよう願った。幸いにもカレデュラに害をなすような祈物が生まれることはなかった。それでも日を追うごとに街の人々の非難の声は膨《ふく》らんでいった。

より一層カレデュラは静かな執務室に籠もるようになった。

より一層、街の人々は大聖堂へと赴くようになった。やがてカレデュラは宣言通りに大聖堂への入場を制限するようになった。カレデュラに害をなすような祈物は現れなかった。

「大聖堂の規制はクルルネルヴィアの願いに反するわ」

代わりに目障《めざわ》りな存在が執務室の扉を叩いた。

リリエール。

カレデュラからクルルネルヴィアの隣《となり》を奪《うば》った人間だった。しばらく見ないうちに見かけは少し大人びていた。

二十代前半程度となった見た目に相応《ふさわ》しい落ち着いた物腰《ものごし》で、カレデュラを諭《さと》すように語りかける。

「彼女はこの国の人々が不平等を解消する手段として祈物を作ったの。規制をしたら種族間の差は埋《う》まらないわ」

「祈物はこの街の住民が持つにはあまりにも過ぎた力を持っています。彼らが力に相応《ふさわ》しい人間にならない限りは規制を緩《ゆる》めるつもりはありません」

「規制が続けば人々の不平等はいつまでも解消できないわ」

「規制を解けば過ぎた力を振り回すではないですか」

「随分《ずいぶん》と悲観的なのね」

「楽観的な国民よりも現実を見据《みす》えているだけです」

違いに一歩も引く気配はなかった。

「クルルネルヴィアはこの国の人々を信じて祈物を委《ゆだ》ねたのよ」

「だとしてもわたくしは規制を解《と》く気はありませんよ」

「…………」

平行線を辿《たど》るだけの会話に先に嘆息《たんそく》を漏《も》らしたのはリリエールの方だった。肩を落とし、彼女は眉根《まゆね》を寄せる。

「残念だわ。あなたは彼女の遺志《いし》を継《つ》いで国民を正しい方向に導いてくれると信じていたのに」

「導いていますよ。ただ師匠が思った以上に国民の方が愚かだっただけの話です」

二人の会話はそれきりだった。

リリエールはカレデュラを一瞥《いちべつ》したのち執務室を後にした。静寂《せいじゃく》が戻った室内で、再びペンを走らせる。師匠から託《たく》された使命のために、職務をまっとうした。

祈物のことは建国当時から嫌悪《けんお》していた。

国民のことは即位《そくい》した頃から嫌悪し始めた。

それでも亡《な》き師匠の期待を裏切らないように、カレデュラは努力した。窓の外は桜《さくら》が散って緑に包《つつ》まれる。やがて夏が訪れる。

一部の過激派《かげきは》はカレデュラを王の座からおろすためにデモ活動を始めた。彼女の行動は逐一監視《ちくいちかんし》され、少し街に出れば当然のように罵声《ばせい》が飛んでくる。ますます彼女は引き籠もり、そして秋が訪れる。

時折リリエールが扉を叩くことがあったが決して開けることはなかった。人と会うことを彼女は拒絶《きょぜつ》した。

一切の外出もしていないカレデュラの悪評《あくひょう》だけが街中では一人歩きした。ある日は隠《かく》れて祈物を使っていると報じられた。ある日はデモ活動している民間人に危害《きがい》を加えたと噂《うわさ》になった。その間もカレデュラは執務室から窓の外を眺《なが》めていた。

秋を越え、冬の寒さが身も心も冷やしてゆく。何のために生きているのかがわからなくなっていた。何のために国王の任についているのかがわからなくなっていた。

執務室で仕事をしている中で、見つけたものが一つあった。

「師匠──」

囁《ささや》きながら、カレデュラは日誌《にっし》を机《つくえ》に置いた。

勤務している最中に偶然《ぐうぜん》見つけたものだった。敬愛《けいあい》する師匠の胸の内を覗《のぞ》き見するような行為《こうい》に抵抗《ていこう》もあったが、結局カレデュラは好奇心《こうきしん》に負けてページをめくっていた。

中に綴《つづ》られていたのは誰にも語ることのなかった真意だった。

自身を蝕《むしば》む病を解消する手段を探して旅をしていた頃の出来事が綴《つづ》られていた。あらゆる人や物を試して、何度も失敗したことが淡々《たんたん》と書かれていた。

旅の最中で差別《さべつ》に悩まされる人に何度となく向き合った。そんな人々を救わねばならないと思うようになったことも綴られていた。国づくりを思い立った要因《よういん》は旅の日々に見ていた情景《じょうけい》の中にあったらしい。

やがてクルルネルヴィアは魔法の才能に満ちた少女を弟子に取る。カレデュラと名乗る少女だった。故郷《こきょう》で孤立《こりつ》していた彼女はすぐにクルルネルヴィアについてきた。言われたことをなんでもこなす従順《じゅうじゅん》な弟子だった。クルルネルヴィアは弟子が持つ才能の高さに驚《おどろ》きながらも日々を綴る。微笑《ほほえ》ましい過去の出来事を振り返るような気持ちでカレデュラはページをめくった。それでも病は治ることはなかった。

魔法薬で無理やり延命《えんめい》しながら旅を続けた。

ほどなくして国づくりの準備を始めた。一人前となったカレデュラに島を任せて旅を続けた。やがてクルルネルヴィアは一人の不老不死《ふろうふし》の噂を耳にする。すぐさま飛んでいった。齢《よわい》十四程度の赤髪《あかがみ》の少女だった。名前はリリエール。自身の病を治すための最後の希望だった。

日記はそれからリリエールの名前ばかりが書かれるようになった。二人旅の失敗談が面白《おもしろ》おかしく綴られていた。何度めくってもリリエールのことばかり。やがて日記の舞台はカレデュラが待つ島の中へと移っていった。

それでもクルルネルヴィアはリリエールとばかり行動を共にしていた。

ほどなくしてリリエールの体質《たいしつ》の研究を終えたクルルネルヴィアは、自身の治療法に辿《たど》り着く。

『リリエールの心臓《しんぞう》を使えば私の体は治ることだろう』

しかし彼女はその方法を選ぶことはなかった。高い治癒力を持つリリエールであっても心臓を抜かれれば死に至る可能性が高かったからだ。

自らの体を治すことを諦《あきら》め、代わりにクルルネルヴィアは島のための機構——祈物を完成させた。

『どうかこの国の未来が明るいものでありますように』

祈るような言葉を最後に、クルルネルヴィアの日記は途絶《とだ》えた。祈物を完成させたことで魔法薬が使用できなくなったクルルネルヴィアは、その後急激《きゅうげき》に弱ったうえで命を落とした。

自らが敬愛する師匠は最後まで国の未来を思っていた。

「師匠——」

再びその名を囁きながら、カレデュラは窓の前へと立つ。雪が降る街の中、見下ろす先で民間人が看板《かんばん》を掲《かか》げて立っているのが見えた。祈物規制を反対している活動家たちだった。カレデュラの姿を見るなり彼らは罵声《ばせい》をあげた。

子供を連れている者もいた。わけもわからず、怯《おび》えながら、寒さに凍《こご》えながらも子供たちは大人を真似《まね》るように声を上げていた。

クルルネルヴィアはこんな連中に期待をしていたのだろうか。こんな連中になぜ奉仕《ほうし》し続けなければならないのかが、カレデュラにはわからなくなっていた。

執務室の中には書類が山のように積み重なっている。

中にはリリエールから自身に宛《あ》てられた手紙もあった。

――こいつさえいなければ。

きっと師匠は、まだ生きていたのに。

「……愚かしい」

手紙はすべて破り捨てた。

何もかもが馬鹿《ばか》馬鹿しい。

いつか師匠から貰《もら》った青いリボンは、その場に置き去りにした。

祈物への憎しみが使命感を上回ったとき、カレデュラは執務室を後にした。

やがて向かった先は大聖堂。

クルルネルヴィア像は依然として国の中央で聳《そび》えていた。こんな物を生むために師匠は命を落とし、そしてこんな物のために人々は声を上げ続けている。

耐え難い怒りが胸の内から込み上げた。

だから祈った。

『どうか祈物に関わったすべての者が不幸になりますように』

すべての物に対する呪いの言葉を口にして、カレデュラは国王の任から退《しりぞ》いた。国王としてのその名が語り継がれることはなかった。

◆

国王からただの人に戻ったカレデュラは島の郊外《こうがい》で身を隠すように過ごした。住まいは質素《しっそ》。師匠なき今、島への未練《みれん》は微塵《みじん》もなく、年に一度の連絡船に乗って魔法がある外の国へと戻るつもりだった。

時間を待っているだけの日々はそれなりに充実したものだった。窓の外から非難《ひなん》の声が飛んでくることもなく、元魔法使いの仲間たちは時折《ときおり》カレデュラの住まいを訪れた。未だに街ではカレデュラを名乗る人間が人を襲っているらしいと談笑《だんしょう》の最中に仲間たちは囁いた。偽者《にせもの》か、はたまた単なる噂話の延長《えんちょう》なのか、カレデュラたちにとっては既にどうでもいいことだった。

そして再び春が来た頃、連絡船が港へと辿り着く。荷物をまとめ、チケット片手に彼女は家をあとにした。

戻ることは二度とない。

しかし同時に、島から出ることもなかった。

「ごきげんよう」

家から出た直後のことだった。

扉の前に、一人の女が立っていた。

「……は？」

その姿を目の当たりにして、カレデュラは戸惑《とまど》った。

喪服《もふく》のような黒い衣装を身に纏《まと》っている女性だった。髪も黒く、瞳《ひとみ》も黒。外見的特徴だけならばまるで鏡《かがみ》の前に立ったかのようにカレデュラとそっくり。

しかし顔だけがよくわからなかった。

目がぼやけて見えた。口もぼやけていた。輪郭《りんかく》も曖昧《あいまい》で、幾《いく》つもの似顔絵《にがおえ》を上から塗《ぬ》り重ねたかのようにも見えた。

「あなた……誰？」

得体《えたい》の知れない存在に疑問をそのまま口にする。

目の前の何かは笑った。

そしてこちらに向けて両手を伸ばす。

「わたくしはカレデュラ」

綺麗《きれい》で白い指先がカレデュラの頬《ほお》を包《つつ》み込む。氷のように冷たい感触。その向こう側で、無数の目がこちらを見つめている。

勘違《かんちが》いしていたことが二つあった。

カレデュラを国王から降ろすために街の人々が捧げていた願いの数々は、叶えられていないわけではなかった。

街に出没《しゅつぼつ》していた人、、、々を不幸にするカ、、、レデュ、、、ラは、単なる噂話でもなければ、偽者でもなかった。

目の前の不気味な存在は、そして再び口を開く。

わたくしはカレデュラ。

「街の人々と、あなたが作り出した、カレデュラ」

カレデュラが孤立することを祈った者がいた。失脚《しっきゃく》することを願った者がいた。命を落とすように願った者もいた。

願いのすべては、カレデュラの姿形を模《も》した不気味《ぶきみ》な存在に姿を変えていた。

「街の人々と、あなたの願いを叶えてあげましょう」

幾重《いくえ》にも重なり合った黒い瞳がカレデュラを覗《のぞ》き込む。恐怖《きょうふ》を感じて一歩退《しりぞ》こうとした。声を上げようとした。どちらもできなかった。自身の頬に添えられていた両手は、いつの間にか滑《すべ》るように首に巻かれていた。足は既に宙《ちゅう》に浮いていた。もがき苦しみながらカレデュラを名乗る何かを睨《にら》む。自身を見上げる何かの顔が、徐々《じょじょ》に形を固めてゆく。光の届かない深海のような黒い瞳。肌《はだ》は白く、薄《うす》い笑みを浮かべる口元。ぼんやりとしていた輪郭がやがてカレデュラ自身と瓜二《うりふた》つとなる。

そして誰かの願いが一つ叶えられた。

◇

「カレデュラが街をうろついている?」

彼女が執務室に引きこもるようになってからすぐに、そのような噂が開店したばかりの私の店——古物屋《こぶつや》リリエールに持ち込まれるようになった。

祈物を売り、買い取るような店は当時まだ私しかやっておらず、おまけに祈物の規制が敷《し》かれた直後のことだったから、連日私の店には多くの客が出入りした。

街を騒《さわ》がせる噂の数々も当然ながら私の耳に流れ込んできた。

けれど、何度聞いても耳を疑《うたが》うような話の数々だった。

「私、国王様から祈物を売られたのよ！」買い取った祈物は使い続ければ破滅《はめつ》が待っているような代物だった。

「俺の友達も祈物を売られたんだけど……」それは依存性《いぞんせい》の高い危険な祈物だったらしい。

私は噂の真相《しんそう》をたしかめるべくカレデュラのもとを訪れた。

ちょうど祈物の締《し》め付《つ》けが厳《きび》しくなった直後のことだった。

カレデュラは当然のように執務室の中で仕事をしていた。側近《そっきん》に話を聞いてみても彼女が部屋を出るのは主に食事かトイレ、もしくは風呂《ふろ》の時だけ。街に出かけることはほとんどないという。

にもかかわらず、その間も街中ではカレデュラの目撃情報が相次《あいつ》いだ。

「祈物の売買だけでなく傷害事件《しょうがいじけん》も起こしているようです」

私の店に出入りしていた保安局員《ほあんきょくいん》からの情報だった。カレデュラに刺《さ》されたと証言《しょうげん》している住民が何人かいた。それが国王の失脚を目論《もくろ》む活動家による自作自演《じさくじえん》なのか、それとも本当の被害届《ひがいとどけ》なのか、たしかめる術《すべ》もなく局員は頭を抱えていた。

それから私は何度かカレデュラに会いに行ったけれど、取り合ってもらえなかった。

協力を得られなかった私は街で出没しているカレデュラを偽者と仮定《かてい》して調査を始めた。

まるで煙《けむり》のように神出鬼没《しんしゅつきぼつ》な偽者の痕跡《こんせき》を辿り続ける。彼女は人前に突然現れては悪事《あくじ》を繰り返していたらしい。

「被害者は最近、恋人《こいびと》と別れたことを苦《く》にしていたようでして……」

私に説明する保安局員の前には死体があった。目撃証言によると被害者のもとに『離れ離れになったものを一つにする祈物がありますよ』とカレデュラが二対《につい》の指輪《ゆびわ》を手に現れたらしい。言葉の通り祈物は二人を一つにした。一つになった結果、人ではなくなり絶命《ぜつめい》した。

「あの子は不眠症《ふみんしょう》に悩まされていたんです……」

涙《なみだ》ながらに語るのは学生。親友のもとにカレデュラが現れたのは数日前。その後、『ぐっすり眠れるシーツを国王様からもらった』と笑ったのを最後に永眠《えいみん》した。

偽者のカレデュラが売っていた物の大半が危険でとても人には扱《あつか》えない代物だった。

そして大半《たいはん》が、ただの祈物ではなかった。

「……何これ」

この世に存在させ続ける危険性が高いと判断して、私は事件に使われた祈物に直接手で触れ、解呪《かいじゅ》を試みた。

触れた途端《とたん》に祈物は白く濁《にご》り、どろどろに溶《と》けてなくなった。

後になって詳しく調べて判明《はんめい》したことだった。偽者のカレデュラが売り歩いていたものは、大半が元々存在しない祈物。

無から魔力だけで作り出された存在だった。

偽者のカレデュラは祈物を作り出すことができるらしい。売買していた物の中には元々実在していた物もあったけれど、強烈《きょうれつ》な効果の祈物はそのほとんどが彼女によって生み出された物だった。

結局それから私は偽者のカレデュラが残した痕跡を辿り続けたけれど、成果らしい成果は得られなかった。

ひょっとしたらカレデュラに怨《うら》みを抱いている者の犯行《はんこう》ではないか。

私は何度も彼女のもとを訪れた。

「お引き取りください」

しかし私を通さないように部下《ぶか》に命じるようになったらしい。以前は簡単に出入りできた執務室にすら近づくことができなくなっていた。

代わりに私は何度も彼女に手紙を送って危機《きき》を知らせた。

返信はなかった。

ほどなくしてカレデュラは国王の座から退いた。

何もできなかった無力さを抱えたまま冬を越え、それからすぐに春が来て、定期船が港に辿り着く。

相変わらず人が集まる私の店で、カレデュラが国から出て行くらしいという噂を耳にした。私は元魔法使いたちのもとを尋ねて回った。彼らの結束《けっそく》は固く、祈物を売買している私に対していい顔をしなかったけれど、最後の挨拶《あいさつ》をしたいという私の願いを聞き入れて、カレデュラの居所《いどころ》を教えてくれた。

会って何を話せばいいのだろう。

考えをまとめながら、私は歩む。

「あら」

そして向かっている道中で、彼女と鉢合《はちあ》わせした。

深海のような黒い瞳。黒い髪に、喪服のように黒い服。

「カレデュラ……」

久《ひさ》しぶりに見る彼女の姿形は今までとまるで変わらなかった。

私は彼女に頭を下げて、謝《あやま》った。追い詰められている彼女を助けることができなかったこと、街で流れている噂話を払拭《ふっしょく》できなかったこと。師匠が作った国を出て行かざるを得なくなってしまったこと。謝って済む問題ではないことはわかっていても、彼女に直接言葉を伝えずにはいられなかった。

「大丈夫《だいじょうぶ》ですわ」

私に対して彼女は柔《やわ》らかく笑っていた。今までにみたことのないような表情だった。私が驚いていると、彼女は「わたくし、出国はとりやめることにしましたから」となんでもないことのように語りながら一礼《いちれい》していた。

「これからもわたくしは街の人々の願いを叶える立場でありつづけます」

そして一言付け加えてから、私の前から立ち去った。

それがまさしく偽物のカレデュラであったことに気づいたのは直後のことだった。

違和感を覚えてカレデュラが隠居《いんきょ》していた家まで赴いたところ、家の玄関先《げんかんさき》で倒れている彼女を見つけた。

本物の彼女は既に亡《な》くなっていた。

定期船のチケットを握《にぎ》りしめたまま。

◇

「建国当時――初代国王クルルネルヴィアを失った直後。人々が混乱《こんらん》していて、未来に対して不安を抱いていた頃に今の彼女は生まれたの」

後ろ暗い願いの集まり。

不安と絶望《ぜつぼう》が満ちていた時代。

今の古物屋カレデュラはそんな時代に生きた人々の後ろ暗い願いが生み出したモノだと、リリエールさんは結論づけた。

思い返してみればこれまでのカレデュラの行動の数々は、たしかにただ一つ、祈物によって人を不幸にすることだけに集中していた。

イレイナさんが唸《うな》る。

「つまり今いる古物屋カレデュラは、昔の人々が願った馬鹿げた祈りを永遠に遂行《すいこう》し続ける悪意の塊《かたまり》ということですか」

本物のカレデュラさんを殺害したのも、彼女と対立していた誰かが願った祈りの結果なのでしょう。

彼女は頷《うなず》いていた。

「ええ。だから今も歳《とし》をとらずに生きている」

生きている、と表現することが正しいことなのかすらわからない。

リリエールさんが言った通りカレデュラは普通の人間じゃないらしい。

行動パターンが読めないのも当然の話だった。相手はそもそも人ではなく物なのだから。

思い出に導く標本を使うことができないのも当然の話だった。祈物の効果はあくまで生きた人間にのみ作用するのだから。

「今度こそカレデュラへと繋《つな》がる祈物が手に入ったと思ったのですが……、残念ですね」

アンリさんはわかりやすいくらいに肩を落としていた。

正体がわかっても、追いかけ方はわからないまま。それなのに今でもカレデュラは誰かが道を踏み外すように手を引いて、気づいた時にはすべてが手遅れ。

もどかしい空気が古物屋リリエールに広がっていた。

「…………」

どうにかできないのでしょうか。

「何かこう……祈物を探す祈物みたいなのって、ないんですか」

カレデュラが祈物なら、そういうモノを使えば追いかけられるんじゃないですか。ボクは思いっきりで口を開いていた。

言った直後に、そんな物があるならとっくに使っていることに気づかされた。

俯《うつむ》いたまま首を振るのはリリエールさん。

「これまで私や保安局で色々な手を使って罠《わな》を張ったりしたけれど、全部ダメ。困っている人間のフリをした囮《おとり》を使ったこともあったけれど、彼女は本当に窮地《きゅうち》に陥《おちい》った人間にしか声をかけることはなかったわ。きっと他人が張った罠には敏感《びんかん》なのでしょうね」

つまり街をいくら探し歩いたところでカレデュラを捕まえることはおろか見つけることすら叶わない。

「災害《さいがい》みたいな人ですね」

人でもないですけど、とイレイナさんは肩をすくめた。「つまり現在進行形で被害に遭《あ》ってる人間を探し当てない限りは捕まえることなんて不可能ということですね」

そして被害に遭っている最中の人間なんて尚更《なおさら》見つけることは難しい。

考えれば考えるほど、どうしようもないことだけが明白《めいはく》になってゆく。人を助けられない無力感ばかりが積《つ》もってゆく。

ため息がこぼれた。

「古物屋カレデュラの正体について今までちゃんと教えてくれなかったのって、こういう事情があったからなんですね……」

リリエールさんと一緒《いっしょ》に働きながら、その名前は何度も耳にした。時折ボクは彼女について尋ねたけれど、いつだってリリエールさんは曖昧《あいまい》な説明しか返してはくれなかった。

それはきっと、打つ手が何もない辛《つら》さをボクやイレイナさんにも味合わせないためだったのだろう。

「…………」

と思ったのだけれども。

「ちょっと違うわ」

リリエールさんは首を振っていた。

ティーカップを置きながらボクに視線を返して見せる彼女は少し笑ってすらいた。大袈裟《おおげさ》に落ち込むボクを宥《なだ》めるように。

「……じゃあ何でです？」

首をかしげるボク。

彼女は言った。

「今度こそ捕まえられそうだから話したの」

ただそれだけよ。

シンプルに語ってみせた彼女は祈物へと手を伸ばす。

自身が死んでいることにも気付かぬまま、針《はり》に刺されたままの蝶《ちょう》が羽ばたいていた。

# 第十章 古物屋カレデュラ

夜の路上でへたり込んだまま、助けを求めるようにこちらへと手を伸ばすのは一人の女性。

他者が語る戯言《ざれごと》から耳を塞《ふさ》ぎたいと願った顧客《こきゃく》――レイラは、祈《いの》りの果《は》てにすべての音を失った。

カレデュラからいかなる声をかけても聞きとることはできず、同時に言葉を語ることもできなくなった。

予想通りの末路《まつろ》に、カレデュラは笑《え》みを浮《う》かべる。

また一人、祈物《れいぶつ》のせいで不幸《ふこう》になった。

心地《ここち》いい。気分がいい。

「あんなものに頼《たよ》るから悪いのですよ」

どうせ聞こえてはいないから、哀《あわ》れな顧客をあざ笑う。

そして用済みとなった彼女から踵《きびす》を返しながら、再び歩き出し、闇《やみ》の中へと溶け込んでゆく。

古物屋《こぶつや》カレデュラとして、次の依頼人を探さなければならない。

困《こま》っている人に手を差し伸べて、悩《なや》みを解決させるために祈物を差し出す。

カレデュラは今に至《いた》るまでそうして生きてきた。行いはすべて古物屋の名に相応《ふさわ》しく、しかし挙《あ》げられる成果はすべてが破滅《はめつ》だった。

「次は誰に祈物をあげようかしら」

路地《ろじ》の中で一人笑う。

破滅を願い続ける彼女の言葉は、誰の耳にも届くことなく、捉《とら》えられることなく、夜の闇の中へと溶けて消えてゆく。

そしてまた、誰かを陥《おとしい》れるために身を潜《ひそ》める。

そのはずだった。

「——ひどいこと言うのね」

声がしたのは背後からだった。

突《つ》き刺《さ》すような言葉だった。カレデュラの独《ひと》り言《ごと》をすべて聞いた上での言葉にも聞こえた。声の主人はレイラだろうか。

ありえない。

耳は聞こえなくなっているはずなのに。

「私があなたを頼るような状況になった時、何も喋《しゃべ》れなくなっていることをわかっていてこのイヤリングを売ったんでしょ？」

背後からレイラははっきりとした口調でカレデュラに語りかけていた。

「本当にひどい人」

心の底から嫌悪《けんお》していた。

ありえない。

一体どうやって話しかけているのだろう。カレデュラが渡した物の他にも祈物を利用しているのだろうか。

面白《おもしろ》い——。

カレデュラがそれから振り返ったのは、純粋《じゅんすい》な興味《きょうみ》と関心《かんしん》によるものだった。

「…………」

だからその場にいる者を目にしたとき、カレデュラはひどく落胆《らくたん》した。

へたり込みながらもこちらを睨《にら》む依頼主——レイラ。

その隣《となり》には古物屋が一人いた。

夜の中で揺《ゆ》れるのは燃《も》えるような赤い髪《かみ》。身に纏《まと》うドレスも同じく赤。手袋《てぶくろ》に包《つつ》まれた指先で握《にぎ》っているのは日傘《ひがさ》。

それは祈りのクルルネルヴィア建国当時から古物屋として活動している女。

「久《ひさ》しぶりね、カレデュラ」

古物屋リリエール。

かつてカレデュラと道を違《たが》えた女だった。

◇

思い出に導《みちび》く標本《ひょうほん》を手に取りながら、リリエールさんはその場にいた全員を眺《なが》めた。

「あの女の追跡《ついせき》にこの祈物が使えないわけではないわ」

不思議《ふしぎ》な発言だった。

彼女自身が散々《さんざん》説明していた通り、思い出に導く標本は人を追う祈物。対してカレデュラはただの祈物のようなもの。

「使えないってさっき言ってませんでしたっけ?」

謎《なぞ》かけのような状況にボクは首をかしげる。

「カレデュラに直接案内をしてもらうのは無理と言っただけよ」

「……どゆことです?」

察《さっ》しが悪いボク。

彼女は言った。

「『今カレデュラの被害《ひがい》に遭っている人のもとに案内してほしい』って頼めばいいのよ」

明かしてもらってみれば単純明快《たんじゅんめいかい》な話でしかなかった。人を追う祈物なのだから、被害者のもとにも案内をしてもらうことも可能なはず。

つまり。

「被害者と会って、協力を要請《ようせい》するっていうことですか」

「ええ」

協力をしてもらえれば後はどうとでもなるはず。居場所《いばしょ》を知っているなら教えてもらえばいいし、囮《おとり》捜査みたいにカレデュラを捕まえるために一芝居《ひとしばい》打ってもらってもいい。

これまで途絶《とだ》えていたカレデュラへの繋《つな》がりが途端に伸びてゆく。

ひとつ懸念点《けねんてん》があるとするならば。

「協力を引き受けてもらえるでしょうか」アンリさんは眉《まゆ》を寄せて唸る。

例えば囮捜査を依頼するにしても、相手がカレデュラに心酔《しんすい》しているような人間ならば――恩義《おんぎ》を感じているような場合であれば、むしろ情報を流されかねない。

浮かんだ希望には相応《そうおう》のリスクもあった。

けれどリリエールさんは、断言《だんげん》する。

「大丈夫《だいじょうぶ》よ」

そして蝶の標本の針を抜きながら、言った。

「今のあの女と遭遇《そうぐう》して幸せになった人間なんて一人もいないもの」

針から自由になった蝶はボクたちの願いに沿《そ》って羽ばたく。

長らく止まっていた時間が、ようやく動き出した。


「ああ……う、うああ……、どうしよう……どうしよう……！」

夜の闇に沈《しず》む街の中。

女性は路上にへたり込んだまま嗚咽《おえつ》を漏《も》らしていた。

誰なのかはわからない。初めて見る人だった。

けれど彼女がカレデュラによって被害を受けた人間であることは明白《めいはく》だった。

ひらひらとボクたちを導くように飛んでいた蝶は、彼女の肩の上で羽を休めるように留まった。

「大丈夫ですか？　しっかりしてください！」

すぐさまボクは彼女のもとに駆け寄った。

「え、だ、誰？」

戸惑《とまど》った様子でこちらを振り返る彼女。その顔は恐怖《きょうふ》に染《そ》まっていた。ボクは「怪《あや》しい者じゃないですよ」と自身の身の上を明かす。古物屋リリエールの従業員で、カレデュラからあなたを救いにきました。大丈夫ですか？　怪我《けが》はしていませんか？

安心させるために優《やさ》しく声をかけつづけた。

「ごめん、なさい……何を言っているの……？」

しかし彼女の表情はこわばったままだった。

突然《とつぜん》のことすぎて頭の整理が追いつかないのだろうか。

違《ちが》う。

「あなたの声……聞こえないの……」

彼女は涙を流しながら、ボクに訴《うった》えかける。

名前はレイラ。

彼女もまた、カレデュラの被害者の一人だった。

レイラさんをすぐに古物屋リリエールへと連れて帰り、リリエールさんが解呪を施《はどこ》してくれた。

「もう大丈夫よ」

白く細い指先がレイラさんの耳に添《そ》えられる。

静寂《せいじゃく》のイヤリングと呼ばれる祈物らしい。自身にとって不快《ふかい》と感じた音が聞こえなくなる代物《しろもの》であり、元々の持ち主は、この世のすべての音を嫌悪《けんお》した末に音が聞こえなくなり、やがて言葉も語れなくなったとリリエールさんは説明してくれた。

「恐《おそ》らく元々の持ち主のようになることを願ってあなたにこの祈物を渡したのでしょうね」

ともかく助けることができてよかったわ、とリリエールさんは手袋をはめた後でレイラさんの肩を叩《たた》く。

「ありがとう、ございます……」

涙《なみだ》をぼろぼろとこぼしながら、レイラさんは何度も頭を下げていた。

今まで何不自由なく聞こえていた音が奪《うば》われた恐怖を味わった直後だからだろうか、ボクたちの言葉すべてを聞き漏らさないように何度も頷《うなず》きながら、事情の説明を聞いてくれた。

そしてカレデュラによってろくでもない目に遭わされた直後だから、「協力させてほしい」と快《こころよ》く引き受けてくれた。

「これから彼女と会う予定はある？」尋《たず》ねるリリエールさん。

「予定は特にないです。でも――」レイラさんは自らの懐《ふところ》から黒い名刺《めいし》をひとつ取り出す。「会いたかったらこれを使いなさいと言われました」

「…………」

受け取りながらリリエールさんはその名刺を凝視《ぎょうし》する。

カレデュラがわざわざ手渡してきたような名刺がただの物のはずもない。

「察《さっ》するに、会いたいと願ったらカレデュラが来てくれる名刺でしょうか」横から尋ねるイレイナさん。

「そんなもの渡してどうするつもりだったんですかね？」ボクは首をかしげていた。

「さあ？　大方《おおかた》、耳が聞こえなくなった依頼主さんがあたふたしているところを見たかったんじゃないですか？　耳が聞こえなくなって、誰も頼れなかったら、名刺に祈るしかないでしょう」

「悪趣味《あくしゅみ》……」

「悪意《あくい》ってそういうものですよ」

ただ不幸《ふこう》に落とすだけじゃなくて、打ちひしがれて嘆《なげ》き悲しむ被害者を嘲笑《あざわら》うことでひとつの仕事を完結させる。

けれどそんな悪意に満ちた所業《しょぎょう》の根拠は、絶対に見つからないという油断《ゆだん》であり、慢心《まんしん》であり、ひとつの大きな隙《すき》でもある。

「これを使ってカレデュラを誘《おび》き出してもらうことはできるかしら？」リリエールさんは名刺をイラさんに返しながら尋ねる。「アレが現れたら、後のことは私たちに任せてちょうだい。あなたに危害《きがい》が及《およ》ばないように最善《さいぜん》を尽《つ》くすわ」

「多少危害が加わっても大丈夫です」

徹底的にやってほしい。

酷《ひど》い目にあったばかりの彼女からは強い憤《いきどお》りが見えた。

それからの流れで、カレデュラを捕まえるための具体的な策《さく》が練《ね》られていった。中心となるのはやはりカレデュラの力を無効化《むこうか》できるリリエールさん。

「カレデュラの相手は私がするわ。マクミリアとイレイナは私のサポートをお願いできるかしら」

そしてアンリさんを中心とした保安局《ほあんきょく》の人々が担当するのはカレデュラと対峙《たいじ》するための環境づくりを行う手筈《てはず》になった。

カレデュラが逃げられないように包囲網《ほういもう》を敷《し》き、民間人の外出を制限して、被害の拡大を抑《おさ》える。

当然レイラさんの保護も彼らの管轄《かんかつ》になった。

そして彼らにお膳立《ぜんだ》てをしてもらったところで、ボクたちで頑張《がんば》ってカレデュラを抑える。

リリエールさんの考えた作戦は大体そんなところ。

「それで、具体的にボクとイレイナさんはどうすればいいです？」

ボクの素朴《そぼく》な疑問に彼女は答えた。

「動きを止めてくれればいいわ。あとは私が解呪するから」

「とってもアバウトだ……」

これじゃあ作戦というか『なんか流れでうまい具合《ぐあい》にお願い』と頼まれているようなもんなんだけれども。

隣でイレイナさんも怪訝な表情を浮かべた。

「こわいこわい祈物人間さんと戦うことになったのはよくわかったんですけど、私たちに何か武器はないんですか？　さすがに丸腰《まるごし》では抑えが効かないと思いますよ」

ごもっとも！

当然な疑問にボクもうんうんと頷く。

一方でリリエールさんは謎にしたり顔を浮かべていた。

「私が何年前からカレデュラを追っていると思ってるの？」

「知りませんけど」

「とうの昔から準備は整えてあるわ」

そして彼女は立ち上がる。

向かうのは店の奥《おく》。

カレデュラ関連の事件で扱《あつか》われてきた祈物の数々が保存されている倉庫《そうこ》がそこにはある。人が不幸になるたびに現場に残されてきた、カレデュラの痕跡《こんせき》の数々。

手繰《たぐ》り寄せても手繰り寄せても、決して本人に繋がらなかった小さな悪意の数々。

「一部の祈物はあえて解呪をせずに残していたのよ」

倉庫の中からリリエールさんはありとあらゆる物を引っ張り出してきた。

どれも古びた祈物の数々。

彼女は一つひとつ説明してくれた。

「これはくるまれたものを死滅《しめつ》させるシーツ。国が混迷《こんめい》していた時期にカレデュラが国王の名を語って顧客に売りつけた物よ」

そして買い取った顧客は間もなく永眠《えいみん》した。

「これは意志を与える封蠟《ふうろう》。自身の持ち物に意志を与えて動かすことができるの。父を失った青年が自身の持ち物と仲良くなりたいと言い出してカレデュラにねだった物よ。きっと父の遺品《いひん》との絆《きずな》を結びたかったのでしょうね」

後日、青年は死体で発見された。青年の父は盗賊《とうぞく》だった。

「これは繋がれたもの同士を永遠に拘束《こうそく》させる手枷《てかせ》。昔、愛情の重い女性が恋人を独占《どくせん》するために使ったの」

そして顧客の女性はその恋人男性に刺されて絶命《ぜつめい》した。そもそも二人は付き合っておらず、女性の一方的な片思いだったことを後に男性が説明した。男性が鎖《くさり》に繋がれたままの死体を引きずって保安局に出頭《しゅっとう》した記録は今も残されている。

「これは支配者の口紅《くちべに》。口づけをされたものを自身の所有物にできる。貪欲《どんよく》な女性はこれを使って男を次々自身の所有物に変えていったそうよ」

けれど人の心までは支配できなかった。貪欲な女性の所有物となった男たちの間で序列《じょれつ》争いが起こり、やがて貪欲な女性が築き上げた帝国は内側から腐《くさ》って崩壊《ほうかい》した。

他にもまだまだたくさんある。

どれもカレデュラが面白半分で客に売り、そして訪れた末路《まつろ》を嘲笑《あざわら》った物たちだった。

倉庫から掘り出されて積み重なった祈物の前に、ボクは腰《こし》を下ろす。

「これだけの人が今まで被害を受けてきたってことですよね」

「ええ」

実際にはリリエールさんが解呪した物もあるだろうし、そもそも持ち込まれることすらなかった祈物だってあるだろうから、被害者の数は推測すら難しい。

明白なのは、建国当時の暗い時代に絶望した一部の人たちの無責任《むせきにん》な願いの代償《だいしょう》を、今も払わされている人がいること。

止められるかもしれない。

止めねばならない。

「やりましょう、リリエールさん」

だからボクは、手を伸ばす。

◇

「あなたの行いの数々がこの結果を招《まね》いたのよ、カレデュラ」

怪訝《けげん》な顔を浮かべていたカレデュラの心を見透《みす》かしたように、リリエールさんはここに至《いた》るまでの経緯《けいい》を淡々《たんたん》と語ってみせた。

穏やかな様子で語るさまは旧友《きゅうゆう》に思い出話を聞かせているようでもあったし、実際、顔馴染《かおなじ》みであるカレデュラさんと顔を突き合わせている様相《ようそう》はちょっとした同窓会《どうそうかい》のようでもあったと思う。

「長々《ながなが》とどうでもいい話をありがとうございます」

けれど今のカレデュラの中身は、人間じゃない。

軽くお辞儀《じぎ》をしながら答えてみせる彼女の様子からは随分《ずいぶん》な余裕《よゆう》が窺《うかが》えた。この期《ご》に及《およ》んで自身には何の不都合《ふつごう》もないと思わせる余裕すら感じる。

顔は知人でも中身は別人。リリエールさんに対しても何の感慨《かんがい》もないのだろう。

嘲笑う。

「それで、わたくしの前にのこのこと現れて、何の意味がありますの？　ご挨拶のつもりですか？」

「今日があなたの命日《めいにち》になるから遺言《ゆいごん》でも聞いてあげようと思ったのよ」

「あらあら。わたくしのような物を生き物と同列に扱っているのですね。やはり不老不死《ふろうふし》の古物屋様は普通の人間とは違うのですね」

「物を売る物ほどじゃないわよ」

「同胞を新たに生み出し役割を与える素晴《すば》らしい物と呼んでいただきたいですわ」

「ところで貴女《あなた》、今まで売った同胞の数は覚えてるの？」

「嬉《うれ》しいことは数えない主義ですの」

「効果は？」

「それも同様」

「あらそう」

安堵《あんど》した様子でリリエールさんは頷き。

そして彼女は視線を合わせた。

カレデュラの背後に立つボクと。

「なら、改めて思い知りなさい」

囁くように語る彼女の言葉はひとつの合図《あいず》だった。ボクは鞭《むち》を振るう。

それはいつかリリエールさんがボクに渡してくれた祈物。伸びる範囲内で摑《つか》みたいものを捕まえてくれる代物。

カレデュラを拘束《こうそく》するために、鞭はシーツを用いて彼女の胴体《どうたい》を腕《うで》ごとぐるりと囲んでくれた。

それはくるんだものを永眠させるシーツ。

「こざかしい真似《まね》をしてくれますわね」

こちらに振り返った彼女はボクを睨《にら》む。

人でも物でもないカレデュラに対して有効なのかどうかは賭《か》けだったのだけれども、確かに効果はあったらしい。

シーツで包んだ部位から上が千切《ちぎ》れて落ちた。腰から下がずるりとズレて転がった。

鞭は胴体部分だけを綺麗に切り取るようなかたちでボクの手元へと巻き戻る。

「そういえば、遥《はる》か昔に戯《たわむ》れでそのような祈物を売ったこともありましたわね……」

路上に転がったカレデュラの上半身は、蠟《ろう》のように白く濁《にご》って下半身と溶け合いながらボクを見上げて笑った。

奪い取った胴体部分はシーツの中で溶けてありとあらゆる物へと姿を変える。

ナイフ、服、グラス、ペン、本――何の共通点もない古びた物たちが落ちてゆく。何もかも死滅させるシーツにくるまれたことで物としての形すらも失い、そのすべてがぐずぐずに崩《くず》れながら地面の上に転がった。

「ああ残念。わたくしの一部が亡くなってしまいました」

溶けたカレデュラはくすくすと笑いながら真上に伸びて形を変える。「でも無駄ですよ。その程度でわたくしを捕まえようだなんて」

泥《どろ》から手が生《は》えた。足が生えた。

変幻自在《へんげんじざい》の彼女は失ったはずの胴体を再生しながら、何事もなかったかのような涼《すず》しい顔でボクたちの間に立つ。

それはまるでぐちゃぐちゃの粘土《ねんど》からいきなり人が生えてきたかのようであり、あからさまに人間離れした動きであり、端的明瞭《たんてきめいりょう》に申し上げるとするならば、

「き、気持ち悪っ！」

としか言いようがなかった。ひいいっ、とたじろぐボク。

「――まったくですね」

嘆息と共に視界の外からイレイナさんが駆け寄ったのはその時だった。

目にも止まらぬ速さだった。カレデュラの視線が彼女を捉えた時には既に目の前。握りしめていたのは手枷《てかせ》。

がしゃん、とカレデュラの右手にかけたのち、イレイナさんは一気に距離を取る。

愛の手枷。繋がれたモノ同士を永遠に縛《しば》りつける祈物だった。

鎖はイレイナさんの右手へと伸びている。

「これでもう逃げられませんね」

かつての持ち主が死んでも引きずられたように、手枷は永遠に外れない。「ついでに足元も固定しておきましょうか」

それからリリエールさんの傍《そば》まで後退したところで、イレイナさんは弓《ゆみ》を引き絞《しぼ》る。風を切りながら放たれた矢は二つ。

カレデュラの両足を地面ごと貫《つらぬ》いた。

「？　ああ、なるほど。わたくしをこの場に釘付《くぎづ》けにしておきたいのですね？」

子供を相手にするように彼女は微笑んでいた。痛みを感じることすらないのだろう。弓矢で貫かれた程度では彼女を止めることはできないのだろう。

「無駄なことがお好きなのですねぇ」

ずるり。

ゆっくりと片足をあげる。地面に刺さった矢を置き去りにしたまま、彼女はリリエールさんの方へと一歩寄る。

「わたくしを留めることなどできるわけがないじゃないですか」

手枷ごと右手が落ちる。

そして再びもう一歩踏み出す。既に足に傷はなく、腕にも傷はなく、失ったはずの右手は再び生えつつあった。

どんなに傷つけても、拘束を試みても、カレデュラの体は無傷《むきず》に戻る。

「――おりゃあっ！」

例えばボクが視覚の外から先ほどと同じく鞭で拘束を仕掛けてみても。

「芸がないのですねえ」

余裕綽々《よゆうしゃくしゃく》。彼女は困った様子でこちらを振り返りつつ、即座《そくざ》に溶けて拘束から逃れてみせた。変幻自在な彼女の体はいかなる攻撃も受け付けない。

イレイナさんがそれから幾ら弓を放っても。

ボクがどれだけ鞭を振り回しても。

「無駄です、無駄です」

あはははは、と楽しそうに彼女は笑いながら、溶けて崩れて避《さ》けてゆく。

「けれど周りをうろつかれると少々目障りですね」

やがてドロドロに溶けた彼女の手から二つの縄が生まれた。「拘束をするのでしたら、このような祈物はいかがですか？」

視線はボクを捉え、縄はするりと彼女の手から滑《すべ》り落ちる。

地面に落ちた直後、蛇《へび》のようにずるずると地上を滑って、縄はボクとイレイナさんの方へとそれ
ぞれ突き進む。

「……気持ち悪っ！」

本日二度目の同じ言葉を吐きながら、ぞわぞわとした嫌悪感《けんおかん》とともにボクは鞭を振るった。

けれど。

「その縄、狙った獲物を拘束するまで何にも捕まらないように願いを込めておいたんです」

カレデュラの言葉をなぞるように、縄は鞭の上を這《は》いずり、そのままボクの体をぐるりと回って締《し》め上げてみせた。

ぎりぎりぎり、ときつくきつく、鞭を振る余裕すら残さないほどに。

「……困りましたね」

あるいはイレイナさんが弓を構える力すら残さないほどに。

カレデュラに危害を加えたボクたち二人は、あっという間に抵抗《ていこう》する力を奪われた。

「何がしたかったのですか？　あなたたち」

ボクたちを見下ろしながら彼女はうすら笑いを浮かべ続けていた。

よほど自信があるらしい。自身が捕まることなどあり得ないと思っているらしい。

慢心する彼女にはわからないだろう。

ここに至るまですべて狙い通りに進んでいることなんて。

「あなたの体の一部がほしかったのよ」

カレデュラに応じてみせたリリエールさんの手の上には、右手があった。

先ほどカレデュラが自ら切り落としたものだった。

まだ溶けていない。綺麗なままの白い指。ボクが使っていたシーツのような強烈《きょうれつ》な殺傷能力《さっしょうのうりょく》にあてられたわけでもなく、単純にカレデュラが自らの意思で切り落としただけの右手は、今もまだ人の手らしい形を保っている。

「すべてはこのため」

大事そうに右手を抱えるリリエールさん。

「…………」

そんな彼女に何らかの嫌な予感を抱いたのかもしれない。あるいは単に自身の体の一部を抱えられていることに嫌悪感を抱いただけなのかもしれないけれども。

この時初めてカレデュラの顔色から薄気味悪《うすきみわる》い笑みが消えた。

悠々《ゆうゆう》とボクたちの間で歩みを進めていた彼女が、初めてリリエールさんの元へと駆け寄る。

生えてきたばかりの新しい右手にはいつの間にかナイフが握られていた。それがどんな効果なのかはわからない。

刺すつもりだ。殺《あや》めるつもりだ。明白なのはカレデュラが明確な殺意を持って彼女に近づいていることだけだった。

目で追うことしかできないボクとイレイナさんをよそに、そうしてカレデュラはリリエールさんの息の根を止めようとした。

「残念ね」

対してリリエールさんがやったことは、ひとつだけ。

避けるわけでもなく、防ぐわけでもなく、迫り来るカレデュラを無視したまま。

切り落とされた右手に口づけをした。

「――は？」

意表をつかれたらしい。カレデュラの呆《ほう》けた声が夜の街へと広がってゆく。

ナイフがリリエールさんの体に刺さることはなかった。どこからともなく飛来してきた一本の剣《けん》が、カレデュラの肘《ひじ》から先を吹き飛ばしていたから。

けれどそんなことよりも、落とされた体の一部に口づけをされたことが彼女にとっては不可解だったらしい。

笑っていた。

「初めての相手をわたくしに捧げていいのですか？」

馬鹿馬鹿しそうに、心の底から軽蔑《けいべつ》しながらリリエールさんを指差して笑っていた。

だからリリエールさんも、笑い返す。

「初めてじゃないわよ」

そして掲げるのは意志を与える封蠟《ふうろう》。

それと支配者の口紅。

どちらもカレデュラがかつて生み出した祈物たちであり。

そして既にどちらもここに至るまでの間にリリエールさんが使用した物だった。

「何を――」

どうせ生み出した理由なんて忘れてしまったのだろう。どうせ与えられた効果なんて覚えていないのだろう。怪訝な様子で彼女は口を開いてみせた。

開いた直後に槍《やり》が彼女の胸を貫いた。痛みも感じない彼女は不思議そうに視線を落とす。足元にハサミが見えた。ナイフが見えた。本が見えた。グラスが見えた。生み出した覚えのない物たちがカレデュラを取り囲むように置いてある。

それはすべて彼女が人を欺《あざむ》くために作り出した祈物であり。

そのまま捨てられ、古物屋リリエールに引き取られた祈物たちだった。

口紅でリリエールさんの所有物となり、封蠟で意志を与えられた彼らは一斉にカレデュラを叩き、突き刺し、潰《つぶ》し、抉《えぐ》り、引き裂き、食いついた。

「……っ！　こいつら――！」

腕が落ち、頭が削《そ》がれ、膝《ひざ》から下が飛んでゆく。幾ら再生を施したところで数の暴力の前では人でも物でもない彼女は無力だった。

鏡《かがみ》、時計、ランタン、仮面《かめん》。

引き裂かれたカレデュラの体の一部はどろどろに溶けて物へと姿を変えてゆく。

大昔に誰かが怨念《おんねん》を込めて作り上げた祈物たちが、そうして彼女の体から分離していった。

カレデュラの体は押しつぶされるようにその場で小さくなってゆく。

「無様《ぶざま》な姿ね」

手袋を外しながら、リリエールさんは彼女のもとへと歩み寄る。

「今楽にしてあげるわよ。あなたがかつて被害者たちにそうしていたように」

「……このわたくしに、勝ったつもりですか？」

「私とここで会った時点であなたがこうなることは決まってたわ」

「用意周到《よういしゅうとう》なのですね」

「遊び半分で古物屋をやってるあなたとは違うのよ」

そしてリリエールさんは、立ち止まる。

あとは解呪をするだけ。

それだけでカレデュラは終わる。

「…………」

それなのに、リリエールさんを見上げる彼女の表情はとても穏やかに見えた。自らが生み出した祈物たちによって体を潰されながらも、報復《ほうふく》を受けながらも、気にも留めることなく、彼女は口を開く。

「わたくしを捕まえるために随分と頭を使ったのですねぇ」

そしてリリエールさんの手が、彼女に触れる直前。

「でも、一歩足りませんでしたね」

カレデュラの体が、内側から弾《はじ》けた。

襲いかかる祈物たちを巻き込みながら、白く濁った肉片《にくへん》は民家の壁にへばりつき、屋根を飛び越え、四方八方《しほうはっぽう》に飛び散った。

「あはははは！」「あははははははははは！」「あはははははははははははははははは！」

心の底から心地よさそうな笑い声とともに。

ボクたちの目の前から屋根を飛び越え、空へと昇り、遥か彼方《かなた》へと。

『残念でしたね』

その場に取り残されたのは、虚空《こくう》に手を伸ばすリリエールさんただ一人。

そんな彼女を嘲笑う声がする。

『すべて無駄な努力です』

勝ち誇るように、どこからともなく声がする。

ボクたちが何度手を伸ばしても、拘束を試みたとしても、自らの意思で体を粉々《こなごな》に砕《くだ》くことができるからこそ、最後まで余裕の表情を浮かべていたのだろうか。

「…………」

きっと他人が苦しむ顔が大好きなカレデュラは、その場に残されたボクたちのことをどこかで見ていることだろう。

リリエールさんは夜空を見上げて呟く。

「……あと一歩、と言ったわね？」

カレデュラは答えない。

言葉を続ける。

「じゃあ、今のが最後の手段ということかしら」

リリエールさんの手には右手がひとつ。

切り落とされ、口づけをしたことでリリエールさんの所有物になった、カレデュラの手は、今も綺麗なまま、残されていた。

「だったら私も最後の手段を使おうかしら」

カレデュラは知らないことだろう。

捨てられてきた祈物たちが怨念をぶつけるようにカレデュラを襲っているなかで、指輪がひとつ、彼女の体の中に潜り込んでいったことを。

その指輪とまったく同じデザインのものを、今リリエールさんが持っていることを。

「これは私が古物屋を始めた頃にあなたが恋人と別れて苦しんでいた顧客に売った祈物なの。離れ離れになったものを一つにする祈物と騙《かた》ったそうね」

祈物を売られた顧客は元恋人と自身に対して指輪を使った。言葉の通り、たしかに指輪は離れ離れになった二人を一つにした。

一つになった結果、顧客と元恋人は人ではなくなり絶命した。

その効果は今もまだ健在だった。

「――――は？」

リリエールさんが取り残された右手に指輪を嵌めた直後のことだった。

喪服のように黒い衣装を身に纏った一人の古物屋――――飛び散ったはずの彼女の体が、元に戻っていた。

「嘘《うそ》、うそ……！　何で――――」

今度こそ逃げられない。

狼狽《うろた》えるカレデュラの右手を摑んだまま、リリエールさんは笑った。

すべては今のカレデュラが生み出した祈物によって生み出された結果。

「あなたの行いの数々がこの結末を招いたのよ」

そしてリリエールさんは、手を伸ばす。

◇

「大丈夫かしら」

ずっと前。

ベッドで横たわるクルルネルヴィアと二人で過ごしていた時のこと。

私は一人呟いていた。

きっと彼女は長くない。クルルネルヴィアが亡くなったあと、この国はどうなるのだろう。彼女を失ったことで人々の不安が溢《あふ》れることは目に見えていた。治安が悪くなるのだろうか。自暴自棄《じぼうじき》になるのだろうか。暴徒《ぼうと》となる者も現れるかもしれない。

「夜明け前が一番暗いってよく言うじゃん」

私の肩に触れながら、クルルネルヴィアは言葉を漏らす。「時代が移り変わる時はいつだって正しい物事が見えなくなるものだよ」

「じゃあ長生きして頂戴」

「そうしたいのは山々なんだけどね」

元気そうな様子で肩をすくめながらも彼女は「ご覧の通り先は長くなさそうでして」と茶化《ちゃか》してみせた。

自らが命を落とす未来をまるで想定《そうてい》していないようにも見えた。楽観的な様子とも言える。

「ま、でも私の代わりに祈物をおいていってあげるんだし、心配無用でしょ」

「その祈物を悪用する人が出てくるかも」

「もしもそうなったらリリエールとカレデュラが正してあげて」

「治らなかったら？」

「治るまで繰り返し世話《せわ》を焼いてあげるのさ。私がリリエールに色々教えてあげてるのと同じように」

あらあら。

「今はもう私の方が世話してあげてる側じゃないかしら」

「そんなことありませーん。まだまだリリエールちゃんはひよっこでーす」

ふん、と子供のように顔を背《そむ》けるクルルネルヴィア。

何度も何度も、同じことを繰り返す。するとそのうち人は祈物とほどよい距離で付き合うようになっていく――彼女は淡々と語っていた。

彼女の死後に私は祈物を管理する古物屋リリエールを設立した。

「…………」

店の中、鏡の前に立って髪に触れる。

青いリボンが揺れていた。

病床《びょうしょう》のクルルネルヴィアが渡してくれたものだ。

「これは？」と尋ねる私に彼女は笑っていた。

「一人前になった証しだよ」

「この前はまだひよっこって言ってたくせに」

「あれれ？　拗《す》ねちゃうんだ。じゃあやっぱりまだ渡すのやめとこっかな」

「冗談《じょうだん》よ。有《あ》り難《がた》く貰っておくわ」

彼女からの贈り物であればどんな物でも嬉《うれ》しかった。この先、貰える機会なんてないことをお互いにわかっていたから。

だから髪を留《と》めるために大事につけていた。

「――頑張りましょう」

誰もいない店の中、私は一人意気込《いきご》んで仕事に向き合う。

最初は苦労の連続だった。

私も街の住民たちも祈物がもたらす力の大きさをよくわかっておらず、曖昧《あいまい》な願いを捧《ささ》げて奇妙《きみょう》な祈物を作ってしまうことが多々《たた》あった。身勝手な願いを叶えて他人を困らせることも多々あった。

クルルネルヴィアが命を落とし、カレデュラが国王を辞《や》めた後も、時代は混乱の只中《ただなか》にあった。

その度に私は祈物を買い取り、店に並べた。季節は巡《めぐ》り続けた。

しだいに私の活動が功《こう》を奏《そう》したのか、正しいことのために祈りを捧げることが増えていった。

繁盛《はんじょう》していた私の店はほどなくして落ち着いていった。街の中でひっそり佇《たたず》む老舗《しにせ》の古物店。私の店はそのように認識されるようになっていった。

彼女の言葉は正しかった。

街の人々は時間の流れと共に変わっていった。建国当時に生み出されてしまった呪いを取り除けば、この国はまた一層平和になるはず。

「さようなら、カレデュラ」

街の向こうから陽射《ひざ》しが差し込んだ。魔力を失い、形を保てなくなったカレデュラがただの物へと戻って私の両手からこぼれ落ちてゆく。目に映るものすべてが輝いて見えた。

既にカレデュラの声は聞こえない。

大昔に叶えられた呪いはすべて消え去った。

「終わったわよ」

手の中に残っていた青いリボンを、私は握りしめていた。

## 第十一章　古物屋リリエール

カレデュラを退治《たいじ》してからだいたい一週間が過ぎた。

「むむむむ……」

古物屋《こぶつや》リリエールの前で小難《こむずか》しい顔を浮かべる一人の女性がおりました。髪《かみ》は灰色《はいいろ》、瞳《ひとみ》は瑠璃色《るりいろ》。

はてさて一体誰でしょう。

「イレイナさんじゃないですか」

どもー、と手を振《ふ》るボク。彼女はこちらに気づいて「おやまあ」と手を振りかえしてくれました。

「どうしたんですかマクミリアさん」

「それはこっちの台詞《せりふ》ですけど」と返しながらボクはお店の看板《かんばん》を指差す。「閉まってますよ。今日も」

明かりもついておらず、古物屋リリエールの扉《とびら》は固く閉ざされたまま。

あれからリリエールさんは一度も表に姿を現していない。最後に姿を見たのはカレデュラを解呪《かいじゅ》した直後。「少しの間、休ませてもらうわ」と言ったきり何の連絡もない。

一体何をしているのだろうか。

「まだ休んでるんですかね」

首をかしげるイレイナさん。ボクにもわからない。

「でも結構長いですよね」

むむむと唸《うな》りながらボクは答えていた。カレデュラの解呪のためにかなり力を使っていそうだし、回復《かいふく》するまでに少々の時間が必要なのもわかるけれども、それでも少し長すぎるというか、音沙汰《おとさた》がなさすぎるというか、つまり端的明瞭《たんてきめいりょう》に言うなら心配だった。

「ひょっとして家の中で倒《たお》れてたりして」

なんてイレイナさんが冗談《じょうだん》めかして不吉《ふきつ》なことを言うものだからなおさら不安がボクの頭で膨《ふく》らんだ。

「さすがに一週間も連絡ないのは長過ぎですし、扉蹴破《けやぶ》って無理やり中に入ってみます？」

そして心配性なボクの頭は少々過激《かげき》な案をボクの口から吐《は》かせていた。

当然のようにイレイナさんはいやいやと首を振っていた。

「そんなことしたら怒《おこ》られますよ」

「イレイナさん。緊急事態には多少の無茶《むちゃ》も許されるってもんですよ」

「べつに緊急事態じゃないですけど」

「給料日前に店主が失踪《しっそう》したせいで来月のお給料がまだなんですよボク」

「緊急事態なのはあなたの方でしたか」

呆《あき》れるイレイナさんだった。

まあお給料云々《うんぬん》はさすがに冗談だけれども。

あまりにも静かすぎるし、無理にでもお店に入ってしまってもいいのではないかと思っている今日この頃。

ボクはそれから何度か「リリエールさーん？」と扉を叩《たた》いたのちに、

「ほんとに蹴破っちゃいますよー？」

と扉から一歩引いた。

「マジでやるんですか」

と別の意味でも引いてるイレイナさんに、ボクは、

「お給料のためなんで！」と真顔《まがお》で頷《うなず》く。ほんとは心配なだけだけど。

ボクの真意《しんい》を察しているのかどうかわからないけれど、イレイナさんは「そですか……」と肩《かた》をすくめる。

「……行きますよっ！」

そしてボクは、えいやっ、と扉に向かって突進《とっしん》する。

直後だった。

「――ちょっと、うるさいんだけど」

扉が開く。

中から現れたのはいつもの見慣れた赤髪《あかがみ》の店主。リリエールさん。

「一体何事――」と迷惑《めいわく》そうな顔をした彼女が、扉の前に立っていた。

言い換《か》えるならばボクの進行方向に立っていた。

「え？」

きょとんとしたお顔の彼女。

「あっ」

やば――と気づいた頃には既《すで》にボクの勢《いきお》いは止まることなく。

一週間ぶりの挨拶《あいさつ》代わりに、彼女に頭突《ずつ》きをかましていた。


「なんなの」

ハンカチでお鼻《はな》を抑えるリリエールさん。とてもとても迷惑そうなお顔を浮かべながら座《すわ》るのは向かい側のソファ。

「いやぁすみません……」

頭をかきながらボクは平謝《ひらあやま》りしていた。謝りながらも顔はへらへら笑っていたから適当に謝っていると思われたかもしれない。でも仕方《しかた》ないですよね、リリエールさんが倒れてないかどうか心配だったんですから。「無事でよかったです」

「全然無事じゃないけど」痛《いた》むお鼻に触れながら眉根《まゆね》を寄せるリリエールさん。

ボクの隣に座っているイレイナさんは首をかしげる。

「私たちと会っていない間、何やってたんですか？」

「普通に過ごしてたけど」

「へえ普通ですか」

相槌《あいづち》うちながら彼女が眺《なが》めるのは一週間ぶりに入った古物屋リリエール。

至るところに物が散乱《さんらん》していた。床《ゆか》の上、棚《たな》の上、そしてボクらが座るソファの上も物だらけ。それもすべて今まで店で売っていた物たちであり、まるで強盗《ごうとう》にでも押し入られたかのような光景《こうけい》が広がっていた。

一週間で何ですかこのザマは。

と言いたげなイレイナさん。

「リリエールさんってお片付け下手《へた》なんですか？」首をかしげて尋《たず》ねていた。

「変な勘違《かんちが》いしないで頂戴《ちょうだい》。べつに散らかしたくて散らかしてたわけじゃないわよ」

それから彼女は淡々《たんたん》と語る。「カレデュラも退治《たいじ》できたことだし、いい機会だったから店の整理をしてたのよ」

曰《いわ》くカレデュラを解呪《かいじゅ》したことによる後遺症《こういしょう》はだいたい三日程度で収まり、元の今の姿に戻ったらしい。

カレデュラ対策のために以前から少し危険な祈物《れいぶつ》や倫理的《りんりてき》に怪《あや》しい祈物も解呪せずに店の奥に仕舞っていたらしく、ここ四日間はその整理とお片付けに充てていたとのこと。

「でもうちの店って思った以上に物が多くてね……」

ため息つきながら店の有り様《あさま》を眺めるリリエールさんだった。

建国当時から営業している古物屋リリエール。取り扱った祈物は数知れず、今まで存在を忘れていたような物も整理整頓《せいりせいとん》のついでにひょっこりと顔を出してきたらしい。

そういう事情でしたか。

「ならボクたちにもお手伝い頼めばよかったのに」

「さっきそのつもりで店の扉を開けたのよ」

そういうことでしたか。

「ま、そういうことだから、今日からしばらく店の整理を手伝ってもらえるかしら」

お店の再開はその後にしましょ、と彼女は語る。

いつもの様子で柔《やわ》らかく微笑《ほほえ》みながら。


三人がかりでもお片付けの作業は結構時間がかかったし、まあまあの重労働だった。

店内に散乱《さんらん》した物の中からいらない物は倉庫に戻し、棚は上から下までぜんぶ引っ張り出したあとにバランス見ながら綺麗《きれい》に入れ直していく。大掛《おおが》かりなパズルのような作業が数日続いた。

なんかこういう片付けを楽にできるような祈物ないんですかと尋ねたら「じゃあ大聖堂《だいせいどう》で祈ってきたら」と投げやりな返事がかえってくる。

体の疲れが取れるような祈物ないですかと尋ねてみたら「それも祈ってみたら」と再びリリエールさんが肩をすくめる。

大体そんな感じに日々が過ぎてゆく。

この古物屋にある物すべて、彼女にとっては簡単に捨てることのできない思い出の品々なのかもしれない。

だから何日も時間がかかった。

初めて見るような祈物もたくさんあった。古過《ふるす》ぎてもう使い物にならないような祈物もあった。その度にボクは「何ですかこれ」と尋ねて、そしてリリエールさんは「懐《なつ》かしいわね——」と目を細める。

「これは?」

中でも一際《ひときわ》彼女の表情が緩《ゆる》んだのは、ボクが木の枝を拾《ひろ》い上げたときのことだった。

桜《さくら》の花びらを咲かせている小さな小枝。冬なのに少々季節はずれな光景が見られるのも祈物ならではかもしれない。

「それは万年桜《まんねんざくら》ね」

そんなところにあったのね——と彼女は微笑《ほほえ》んでいた。

「どんな効果の物なんです?」

「別に大《たい》した効果じゃないわ。売り物にもならないくらいの祈物」

首をかしげているボクの手から、彼女はそっと受け取る。「折れた枝に祈りが込められた物でね、効果は単純に、いつでも桜が咲いてる。ただそれだけ」

「へえ……」

たしかに店で売買されている物よりは随分《ずいぶん》と質素《しっそ》な祈物であるような気がする。桜なんて別に春になればいつでも見られるわけだし。

「いま『桜なんて別に春になればいつでも見られるじゃん』って思ったでしょ」

「ぎくり」

背筋《せすじ》を正すボク。

リリエールさんの顔色は柔らかい表情のままだった。

「まったくその通りよね。祈らなくても桜なんて珍《めずら》しくも何ともないわ」

肩をすくめる様子は呆れているようにも見えた。「でも昔は祈ってでも桜を見たがっていた人がいたのよ」

「誰が作った祈物なんです？」

素朴《そぼく》な疑問をボクは口にする。

懐かしそうに万年桜を手に取りながら、彼女は答える。

「さあ？　誰だったかしら。もう随分と昔のことだし、忘れてしまったわ」

◆

「リリエールはこの木が何かご存《ぞん》じかな」

大聖堂《だいせいどう》の中庭に埋めた一本の木を愛《いと》おしそうに撫《な》でながら、まだ元気だった頃のクルルネルヴィアは私に語っていた。

春になるととても綺麗な花をつけて咲《さ》き誇《ほこ》る木。桜というらしい。東洋《とうよう》の国を訪れたときにいたく気に入ってこの島まで持ち込んだのだと語っていた。

「この子は寿命《じゅみょう》が短くて、それでいてとても弱い子なの。自分で繁殖《はんしょく》することができないから、若い他の木に枝をくっつけて繁殖させてあげないといけない。つまり元々は全部同じ一本の木でできてるから、一つ病気になればぜんぶ死んじゃう。そういう木」

「随分と手がかかる子を連れてきたのね」

大丈夫なの？　と当時の私は怪訝《けげん》な顔を浮かべていた。すぐに枯《か》れてしまわないかしら。

「うん。だから枯れないように国の人たちと一緒に世話《せわ》してあげてね」

「私に丸投げしないで頂戴《ちょうだい》」

「期待してるよリリエール」

「ちょっと」

当時はまだ彼女の死期《しき》が近いことも知らなかったから、冗談《じょうだん》めかして私に仕事を託《たく》す彼女に頰《ほお》を膨《ふく》らませながら答えていた。

「そもそもどうして管理が大変な木を植えたのよ」

そんな私に対して彼女はいつもの調子で笑いながら。

「大変だからいいんだよ」

そして答えていた。

「大変な管理を続けられるってことは、まだ国が大丈夫《だいじょうぶ》な証拠《しょうこ》だから」

掘り出し物の万年桜を眺めながら、私は建国当時の物語を思い出していた。

病床で桜を見たがっていた彼女のために作った祈物。役割を終えてもなお、小さな枝の先で綺麗な花びらが揺れている。

窓辺に置いて飾《かざ》ってみれば、一足先に春が来たようにも見えた。閉ざされた窓の向こうは冷たい風が流れてゆく。店の整理が終わり、再び開店しはじめて、何度も客が店の鈴《すず》を鳴らしてゆく。やがて店を訪れる客の肩に雪の粒《つぶ》がちらついて、冬の寒さはいっそう厳《きび》しさを増してゆく。万年桜は新しい春を待ち望むように窓辺で咲き続けた。

雪化粧《ゆきげしょう》はやがてまばゆい日差しに解《と》かされて、跡形《あとかた》もなく姿を消してゆく。窓を開けてみれば柔らかい風が髪を撫でる。ゆらめく万年桜。木々をさらさらと揺らす風が古物屋の中へと舞い込んでくる。瞳を閉じれば懐かしい香りが漂った。

再び春が来た。

この季節だけ、いつでも見られる物がある。

「今日は花見《はなみ》でもしましょうか」

マクミリアを誘って、私は店をあとにする。

向かった先は大聖堂。その中庭。

クルルネルヴィアが亡くなって大変だった時期も、国王が代替わりした後も——国が混迷《こんめい》していた頃も粛々《しゅくしゅく》と管理を続けて、育った木々がそこにはある。等間隔《とうかんかく》で立ち並び、両手を広げるように悠然《ゆうぜん》と立ち尽くす木々のすべてが満開《まんかい》だった。限りなく白に近い柔らかい色の花びらたちが見上げる限りを覆《おお》い尽《つ》くす。

私が生きている限り、この国は続く。
花が咲く限り、この国はきっと大丈夫。
見てるかしら、クルルネルヴィア。
「今年も桜が咲いたわね」
だから、きっとこれからも。
昨日《きのう》の先に、よりよい明日が待っている。

# あとがき

だいたい夜11時を過ぎた頃のことだった。

『ピンポーン、ピンポーン』

部屋のチャイムが二度鳴り響いた。僕が住んでいるマンションはオートロックであり、エントランスに客人が来たときと、部屋の前に来た時とで鳴る回数が異なる。客人が今どこにいるのかが音でわかるようになっているのだ。

相手がエントランスから呼び出しているのであれば、音は一回。

相手が部屋の前にいる場合、音は二回鳴る。

「……？」

なので深夜11時にいきなり鳴った音に僕は首をひねることになった。僕の認識が正しいのであれば、チャイムを鳴らした相手はエントランスをすり抜けていきなり部屋の前に立っているということになる。

不思議《ふしぎ》な話だ。マンションの住人だろうか？　でもこんな時間に一体何の用？　恐《おそ》る恐る僕はドアスコープを覗《のぞ》き込む。

「…………」

さらに不思議なことに、部屋の前には誰も立ってはいなかった。

試しにドアを開いて見てみても、向こう側には誰もいない。単なるいたずらなのか、それとも怪奇現象《かいきげんしょう》なのか——得体《えたい》の知れない恐怖に僕はぞわりとした。

というようなことが今のマンションに住み始めてから今に至るまでだいたい十回程度はあった。この時点で結構おかしなものなのだけれども、僕が住んでいる部屋に起きた意味不明な現象《げんしょう》はこれだけには留まらない。

夜、眠っている時のこと。

コンコン、と窓《まど》を叩《たた》く音に僕は目を覚《さ》ました。猫《ねこ》が窓辺でじゃれているのだろうか？　視線を向ける僕。しかし不思議なことに猫は二匹とも僕のベッドのすぐ傍《そば》で眠っている。寝ぼけていた僕は「まあ何かのいたずらかな」と思いながら布団《ふとん》を頭からかぶった。よくよく考えてみたら僕の部屋は四階であり窓の外に人が立てるような場所はない。

大体こんな体験を複数回経《へ》たところで「あれ？　僕の部屋って実はちょっとヤバい物件なのではないかい？」などと思うようになり引越《ひっこ》しを決意しました。

晴れて五月に引越しが確定したので、恐らく今後は同じようなことが起こることはない……はず！　だと思いたいですね。十月頃に発売の「魔女旅《まじょたび》」21巻で家の愚痴《ぐち》を言っていたら「ああこいつまたヤバい物件引きやがったな……」と思ってください。

ということで本日も白石定規《しらいしじょうぎ》でした！　どうもどうも。まずは各話のコメントから入らせてもらえればと思います。ネタバレを避《さ》けたい人は回れ右でどうぞ！

●第一章『雨《あめ》』

ちょっと重めの会話からのスタートになる三巻ですね。（特にコメントすることがない……）

●第二章『見返《みかえ》り煙草《たばこ》』

喪黒○造とか出てきそう。注目を浴びるということはいいことも悪いことも振《ふ》り幅《はば》が大きくなるということですよね。脚光《きゃっこう》浴《あ》びる人生を見上げて憧《あこが》れているうちは、いつ踏み外して命を落とすかもわからないような高い場所を歩むことの恐ろしさに気づけないものなのやもしれません。

●第三章『怪奇《かいき》の家《いえ》』

このお話は実体験に基《もと》づく物語――ではないのですけれども、奇《く》しくもなんとなく自身の経験とちょっと重なるところがあったりでぞっとしたりしました。ひょっとして僕の部屋もこういうヤツが取り憑《つ》いていたのか……？

ちなみにオチは往年《おうねん》のホラー作品に則《のっと》ってああいう感じになりました。

●第四章『思《おも》い出《で》に導《みちび》く標本《ひょうほん》』

過去の思い出を美化《びか》し続けて今を生きられない人と、過去を足元の踏《ふ》み台にして上り詰《つ》めたいった人の対比《たいひ》のお話ですね。ひょっとしたらお気づきかもしれませんがカレデュラが暗躍《あんやく》してる二、四、六章を書くのが結構楽しくて割《わり》とノリノリで書いてました。

●第五章『燃《も》え上《あ》がる恋《こい》』

恋する学生たちのお話ですね。最終章前にどうしても明るいノリのお話を入れたくて（最終章が長くて重いから）このような物語になりました。ちなみにこのお話を書いたタイミングが別先品（『ナナがやらかす五秒前《ごびょうまえ》』）でコメディ話をひたすら書き続けた後だったので、改稿前《かいこうまえ》はもっとふざけてました。流石《さすが》にふざけ過ぎてたので少し修正しました。

●第六章『手に入《い》れた静寂《せいじゃく》』

一つ声を遮断《しゃだん》すれば、それに連《つら》なる声が気になりはじめるもの。そして連なる声を遮断すれば、さらにまた別の声が気になるようになる。完璧《かんぺき》を求めようとすればするほど細かいノイズが耳に障《さわ》って神経質《しんけいしつ》になり、生きるためには妥協《だきょう》しなければならないのが世の常だと知るものなのですけれども、ここ最近は別段そういう人ばかりでもないみたいですね。完璧な理想を思い描く人に限って周りがすべて快楽《かいらく》に満ちた世界を過ごしているように見えているのかもしれません。

●第七章『建国物語《けんこくものがたり》』

リリエールの出自《しゅつじ》の物語ですね。これ書いたらカレデュラの話も連鎖的《れんさてき》やらなければならなくなる事情的に一巻、二巻ではできなかったため、三巻での実現となりました。リリエールの体質の設定は「魔女旅」十八巻を合わせて読んでもらうとちょっとわかりやすくなるかもしれません。ちなみに十八巻を書いた段階ではリリエールとクルルネルヴィアの旅路は異なる物を想定していたのですけれども、今回の巻を書くにあたって、幼い年齢のまま旅してたほうが面白いな……と思ってこういう流れになりました。なので「魔女旅」十八巻に出てくる文献《ぶんけん》と実際にリリエールが旅してた頃の年齢《ねんれい》に若干《じゃっかん》の乖離《かいり》があります。クルルネルヴィアさんがちょっとテキトーな人だったからということで許して……。

●第八章『夜《よる》』

一章の『雨』との対比的《たいひてき》なお話かつ最終章の前降りのお話です。（コメントすることない！）

カレデュラの過去編になります。元々ここから十一章までひとつの章として書いていたのですが、あまりにもテンポが悪かったので分割しました。書くのちょっと辛《つら》かったです。カレデュラさんが報《むく》われなさすぎる……。でもカレデュラさんみたいに頑張《がんば》っているときにある日突然なんかもういいやって思うことって実社会を生きていてもよくありますよね。でも「もういいや」と思う時って大体、既《すで》にHPがゼロなのに攻撃をくらい続けてるみたいな状態なので、「もういいや」の感情に従《したが》ってすぐに休んだ方がいいと思いますよ。

●第九章『祈《いの》りと呪《のろ》い』

●第十章『古物屋《こぶつや》カレデュラ』

カレデュラとリリエールたちの直接対決のお話です。バトルがメインの物語ではないので短く済《す》ませるつもりだったのですが、流れ的に少々尺《しゃく》が必要になりました。

一応初期にはカレデュラ（祈物《れいぶつ》）を説得《せっとく》して、改心《かいしん》したところで過去の被害者によって殺されるみたいな案もあったのですが、刺《さ》されたくらいじゃ死ななそうだったのでボツになりました。あと死体は祈物の基準的には『物』として分類され、なおかつカレデュラ（祈物）が時と場合によって見た目を切り替えていることから、リリエールが解呪《かいじゅ》した直後にカレデュラ含めたくさんの人の骨が出てくるみたいな案も過去資料にあったのですが、普通に絵面的《えづらてき》に不味《まず》そうだったのでこれもボツになりました。カレデュラ周りは倫理的《りんりてき》にセルフNGしたことがちょこちょこあります。

●第十一章『古物屋《こぶつや》リリエール』
この巻のエピローグ的な位置付けのお話になります。リリエールとカレデュラ、クルルネルヴィアにまつわるお話はここで一つの決着ということで、一章と同じく後半はリリエール視点のお話になりました。


というわけで『祈《いの》りの国《くに》のリリエール』三巻でした！

二巻が出てからおおよそ一年後の刊行《かんこう》となり大変時間がかかってすみません……！

『祈りの国のリリエール』は「魔女旅」や「ナナかす」のような小説と違って全体的なテイストが結構重めなため、他の作品よりも割増で時間がかかってしまうので本当に申し訳ないです……。

ここ最近のラノベ業界では早期打ち切り、二巻も出せない、みたいな話を業界内の友達や知り合いが極端《きょくたん》に少ない僕ですらよく耳にするような事態になっていましたので、そんな中で「リリエール」を三巻まで出せたことは本当に嬉《うれ》しいです。一応「リリエール」を書き始めた時点で、「三巻で一つのエンディングを迎えられるようにしよう」と思っていたので、文庫版《ぶんこばん》からのリブートの際に改めた国の名前やリリエールの出自などの詳細《しょうさい》を含め、無事書くことができて大変ほっとしています。

四巻以降も出せたら嬉しいですね！

あとドラマＣＤなんかもあったら嬉しいですね！

貪欲《どんよく》な作家なのでありとあらゆるモノを求めていきたい所存《しょぞん》です。

それでは簡単《かんたん》に謝辞《しゃじ》を！

あずーる先生、担当編集ミウラーさん、本作の刊行にあたりご協力いただいた皆様《みなさま》。いつもながら本当にありがとうございます！　「リリエール」のような物語はラノベの売れ線とは異なる作品であるにもかかわらず、ここまでご協力いただけたことがひとえに嬉しいです。願わくば今後も末長《すえなが》くお世話《せわ》になりたい限りであります……。

読者の皆さん。

『祈りの国リリエール』、三巻まで読んでいただきありがとうございます！　四巻でも会うことができたら僕は嬉しいです。

それでは今後とも何卒《なにとぞ》！　白石定規でした。

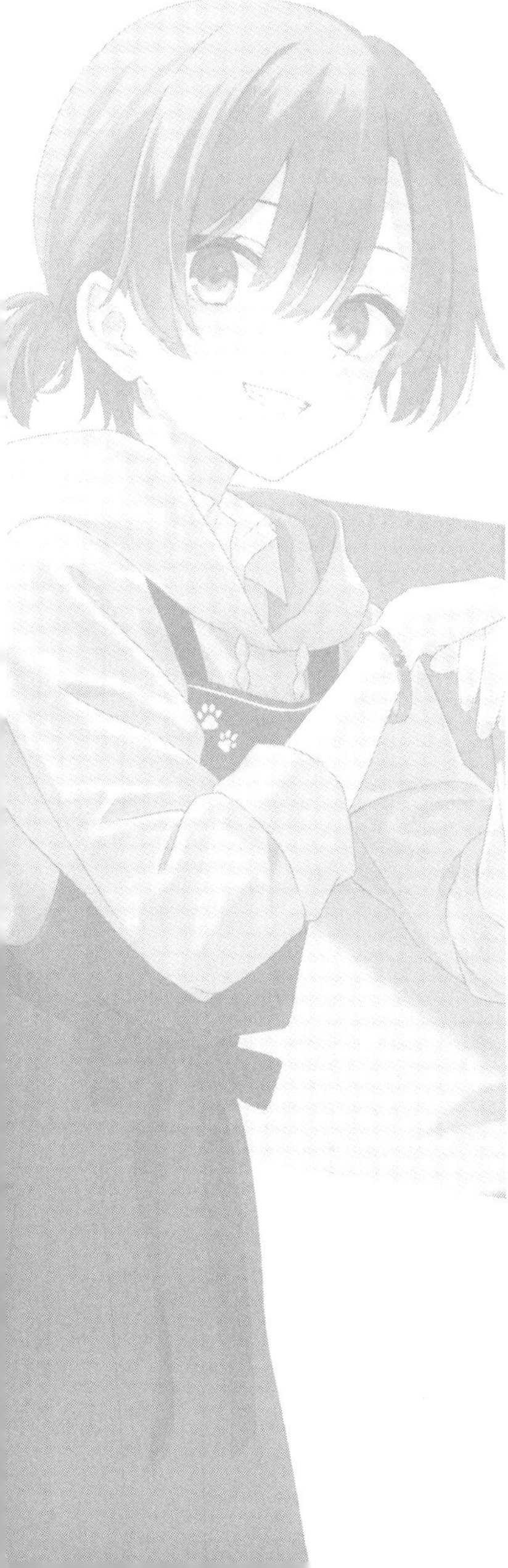

GAノベル

# 祈《いの》りの国《くに》のリリエール3

2023年6月30日　初版第一刷発行

著者　白石定規
発行人　小川 淳
発行所　SBクリエイティブ株式会社
〒106-0032　東京都港区六本木2-4-5
03-5549-1201　03-5549-1167（編集）

装丁　AFTERGLOW
印刷・製本　中央精版印刷株式会社


ISBN978-4-8156-1899-5
Printed in Japan

ファンレター、作品のご感想をお待ちしております。
〒106-0032　東京都港区六本木 2-4-5
SBクリエイティブ株式会社
GA文庫編集部 気付

「白石定規先生」係
「あずーる先生」係

本書に関するご意見・ご感想は
下のQRコードよりお寄せください。
※アクセスの際に発生する通信費等はご負担ください。

https://ga.sbcr.jp/

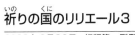